Du monde entier

ANNA MARIA ORTESE

L'IGUANE

roman

Traduit de l'italien
par Jean-Noël Schifano

GALLIMARD

Titre original :
L'IGUANA

© *Adelphi Edizioni s.p.a. Milano, 1986.*
© *Éditions Gallimard, 1988, pour la traduction française.*

L'acheteur d'îles

I

PROMENADE
DANS LA VIA MANZONI

Daddo

Comme tu le sais, Lecteur, chaque année, quand le
printemps est là, les Milanais s'en vont de par le monde en
quête de terres à acheter. Pour y bâtir des maisons et des
hôtels, naturellement, et peut-être même, plus tard, des
maisons populaires; mais c'est surtout après ces expressions
de la « nature », restées encore intactes, qu'ils courent, après
ce qu'ils entendent, eux, par nature : un mélange de liberté
et de ferveur, avec une bonne dose de sensualité et un brin de
folie, dont ils semblent assoiffés à cause de la raideur de la
vie moderne à Milan. Des rencontres avec les indigènes, et la
ténébreuse noblesse de telle ou telle île, sont parmi les
émotions les plus recherchées; et s'il te vient à l'esprit que la
recherche de l'émotion convient mal aux vastes possibilités
de l'argent, réfléchis à l'étroite correspondance entre puissance économique et affaiblissement des sens, raison pour
quoi, parvenu au sommet du pouvoir d'achat, on est pris de
je ne sais quelle torpeur, quelle incapacité générale à
discerner, à apprécier; et celui qui, désormais, pourrait se
repaître de tout n'a de goût que pour peu de chose, ou rien.
Alors, il part à la chasse de certaines saveurs fortes (qui ne

sont, au vrai, pas fortes du tout, mais des plus banales), et, pour elles, il donnerait sa vie. Ce n'est sans doute pas le cas de la majorité des Milanais, qui, contraints par la vie d'entreprise, n'ont pas encore voyagé ni vu quoi que ce soit, et ont, en outre, des curiosités rudimentaires; mais il est certain qu'une minorité, celle, au fond, qui donne son lustre à la ville, est ainsi faite, sans pour autant que l'on doive penser qu'elle ne compte pas dans ses rangs des éléments ingénus, purs, raisonneurs, en somme le meilleur de la Lombardie d'autrefois. Bien au contraire.

Parmi ces derniers, Don Carlo Ludovico Aleardo di Grees, des Ducs d'Estrémadure-Aleardi, et comte de Milan, maison, comme d'évidence il apparaît, pour les deux tiers d'origine suisse-ibérique, n'en était pas moins le plus joyeux, le meilleur Lombard qui se puisse rencontrer. Alors sur les trente ans, fils unique, mis très jeune encore, à cause de la mort de son père, le bon comte Aleardi, à la tête d'immenses richesses que la comtesse mère administrait avec discernement, il associait la passion de la voile et un vague idéalisme qui lui venait de son père, à une moins vague, encore qu'involontaire, attention aux complexes et minutieux intérêts maternels, lesquels prévoyaient pour le jeune homme, dans les prochaines années, une multiplication toujours plus intensive et progressive de ces biens (composés d'immeubles et de terrains); et c'est pourquoi il partait, chaque printemps, en quête de terres où lui, qui était architecte, ferait ensuite bâtir des villas et des cercles nautiques pour la bonne société estivale de Milan. Ils avaient beaucoup acheté, jusqu'à présent; et ils entendaient (en somme, c'était la comtesse mère qui l'entendait) acheter encore. Au vrai, Daddo, ainsi appelait-on le comte, ne semblait pas accorder grande importance à tout cela. Par certains côtés avait filtré dans son sang une chrétienne allégresse, qui le rendait indifférent, au fond, à toutes les possessions, comme si le

10

sens des choses était ailleurs. Où, il ne savait, ni, étant donné la modestie de son intelligence, ne le saurait sans doute jamais; mais ils étaient célèbres même à l'époque, quand Milan n'était pas aussi morne, ses frais et calmes éclats de rire, toujours prêts sur sa bouche d'enfant, à la moindre occasion, comme si une fête cachée à d'autres, une musique derrière un mur, une mystérieuse certitude de gloire et de tranquillité, indépendantes de la jeunesse, des possessions, du nom, éternellement disponibles, le rassuraient. Il ne s'était pas encore marié, et, malgré les pressions de la comtesse mère, qui avait déjà rendu visite à quelques opulentes familles suisses, il ne songeait pas à le faire, dans la mesure où il lui semblait que cela l'aurait limité... mais en quoi donc, au juste, allez savoir. Il menait la vie la plus simple, presque monotone, qui se puisse voir, une vraie vie de bénédictin : toute la journée dans son bureau à dessiner des maisons comme un enfant, tandis que, le soir, son unique distraction était de retrouver Boro Adelchi, un jeune éditeur de la *nouvelle vague* *, très ambitieux et encore empêtré dans les difficultés, à qui Daddo, par parenthèse, passait continuellement, et à l'insu de sa mère, un argent fou.

Et ce fut précisément Adelchi, par une de ces soirées d'avril où Milan est toute verte, toute délicate, et la via Manzoni paraît ne jamais finir, qui jeta le germe de l'aventure que nous racontons.

Or donc, Boro Adelchi se prit à dire, un peu pensif : « Certes, les affaires ne vont pas si mal... mais il faudrait quelque chose d'inédit, d'extraordinaire. La concurrence est dure... Toi qui voyages tant, Daddo, pourquoi ne me procurerais-tu pas quelque chose de bien primitif, et même de l'anormal ? Tout a déjà été découvert, mais on ne sait jamais... tout est possible...

* En français dans le texte. *(N.d.T.)*

11

– Il faudrait les confessions de quelque fou, si possible amoureux d'une iguane », répondit Daddo sur un ton badin ; et qui sait comment cela lui était venu à l'esprit. Mais il se tut aussitôt, regrettant sa façon de se jouer de la maladie et de l'animalité, deux choses pour lesquelles, sans en avoir aucune expérience, il éprouvait, comme de nombreux Lombards, une immense pitié.

« Je ne sais pas, répondit Adelchi, qui n'avait pas perçu la plaisanterie, je dirais plutôt une manière de poème, de *cantos*, où s'exprimerait la révolte de l'opprimé... » Et il se tut lui aussi, mais pour la simple raison que ses idées, à ce sujet, n'étaient pas tout à fait claires, et qu'il avait honte de le laisser voir au comte, lequel, pour sa part, n'était pas plus fixé que lui.

Et, au point où nous en sommes, il vaut la peine de signaler cette étrange confusion qui dominait alors la culture lombarde et, par là même, conditionnait l'activité éditoriale, sur ce qu'on doit entendre par oppression et conséquente révolte. Aussi bien la première que la seconde, elles se réduisaient, pour les Lombards, probablement en polémique avec la menaçante idéologie marxiste, à une simple affaire de sentiments et de liberté de les exprimer : ils oubliaient que là où il n'y a pas d'argent (eu égard aux anciennes conventions du monde), là encore où l'argent peut tout acheter, où il y a pénurie et grande ignorance, là non plus les sentiments, ou l'envie de les exprimer, n'existent pas ; bref, les Lombards tenaient pour certain qu'un monde opprimé a quelque chose à dire, alors que, si l'oppression est ancienne et avérée, l'opprimé n'existe même pas, ou n'a plus conscience de l'être : seul existe, bien que sans une conscience authentique, l'oppresseur, qui, parfois, par afféterie, simule les manières qui seraient légitimement celles de la victime, si elle avait encore une existence. Mais c'étaient là, naturellement, des subtilités ou des lubies impossibles à proposer à la faim que les éditeurs montraient pour les épices aiguisant le languide appétit du public. Pareils raisonnements eussent compromis le rythme de la production, là où, en revanche, le renversement en termes franchement traditionnels, et par là même rassurants, du conflit auquel on a fait allusion, alors fort à la mode, garantissait approbations, incitations, sympathies, et donc ventes, et donc, da capo! ce cher argent.

Pour en revenir à nos deux jeunes gens, qui allaient ainsi se promenant, sereins, dans la via Manzoni, et surtout à Daddo, dont nous verrons bientôt qu'il n'était pas si pris que cela dans les rets de sa propre ignorance et qu'il avait le cœur généreux et pur, assez pour mériter ton respect, Lecteur, voici ce que dit Daddo :

« On verra... j'essayerai. J'ai idée qu'au-delà de Gibraltar il doit exister quelque chose d'illicite, et donc de douloureux... Je chercherai dans les bibliothèques, je me procurerai des cartes... Mais de ton côté, Boro, promets-moi de publier la totalité sans battage... pour la seule élévation morale des habitants de la cité de saint Ambroise... Autrement, non », fit-il avec un sourire moins enjoué qu'il ne voulait paraître, inclinant à peine sur sa poitrine son aimable tête qu'un vrai casque d'argent – si vite, et sans aucune raison, blanchissaient les Aleardi – emprisonnait, conférant parfois à ce fin visage une gravité médiévale.

« Je te le promets... sois tranquille », mentit Adelchi tout excité : car déjà, dans son for intérieur, jubilant, il pensait à la réunion du lendemain, et à la façon dont il présenterait l'ouvrage, d'ici quelques mois, au sommet de la Tour. Il voulait lui donner un titre sensationnel, comme par exemple : *Les Nuits d'un fou*, ou bien : *La Sorcière*, ou, mieux encore : *Tous au bûcher!* Traductions et prix littéraires feraient grimper les ventes jusqu'au ciel. Et puis, en réalité, le livre il ne le lirait même pas, vu que c'était un homme absolument dénué de curiosité malsaine, un sim-

13

ple, dominé par une unique fièvre : faire de l'argent. Chemin faisant, ils étaient arrivés à ce point de la via Manzoni où qui vient de la Scala a sur sa gauche les Jardins, sur sa droite la Galerie homonyme, et devant soi la plus belle place que possède Milan, avec l'arrière-fond d'un parc clairsemé que la brume, même en avril, enveloppe d'un voile dormant. Et, comme toujours à cette vue, Daddo ressentit une amoureuse tristesse, presque une défaillance ; alors, oubliant ces propos forcenés sur la manière d'abréger l'ennui humain, il posait alentour un calme regard circulaire, tel qui perçoit en songe des prières et des recommandations que la lumière du jour interdit de tenir pour réelles, derrière tant de paix, une secrète plainte d'errants.

« Comment peux-tu imaginer... », continuait Adelchi.

Mais le comte ne l'écoutait déjà plus.

II

OCAÑA

Sur la vaste mer. *Une île en forme de corne*

Quinze jours plus tard, lorsqu'il eut confié son bureau de la via Bigli à deux secrétaires (dont l'une, Mlle Bisi, était à proprement parler folle de lui, car Daddo possédait, entre autres, l'une des plus interminables et sereines silhouettes qui se puissent encore voir dans la plaine lombarde), et salué la comtesse mère, qui lui remit une grosse émeraude à faire sertir à Séville où elle avait son joaillier de confiance, Daddo s'embarqua à Gênes sur la *Luisa*, un bateau d'une valeur d'au moins quatre-vingts millions, et fit route vers la basse Méditerranée.

Malheureusement, tout comme Adelchi en fait d'« oppression », et la comtesse mère à propos du sens de la vie, Daddo, en matière de terrains à acquérir, était dépourvu d'idées, peut-être parce qu'il n'y attachait pas une réelle importance, ni, par conséquent, de préférences très claires. Il connaissait comme sa main la Méditerranée, et bien que, pratiquement, tout fût à vendre, il ne cessait d'hésiter. Tantôt pour je ne sais quels égards que lui inspirait la Sardaigne, comme si elle souffrait encore et avait besoin d'être soignée plutôt que partagée; tantôt pour je ne sais quelle indulgence qu'il

15

ressentait devant les îlots et les récifs qui l'environnaient, comme s'ils étaient trop petits pour s'éloigner de leur mère (ce qui était tout simplement ridicule, et, si nous ne connaissions pas la fraternelle sensibilité du comte, nous pourrions le taxer de piétisme); tantôt, par exemple, devant certaines splendides étendues d'Espagne, comme si Dieu pleurait là toutes ses larmes, et qu'il ne fallût point y amener le tapage des touristes. En somme, le respect, ce sentiment subtil et un peu douloureux de la dignité d'autrui, qui, jadis, suggérait aux chevaliers face à leur dame tant d'admirables exploits, et que le noble Lombard vouait, sans le savoir, à la terre tout entière, lui compliquait chaque fois cette opération pourtant simple qu'on appelle achat. Mais cette fois, qui sait pourquoi, de façon beaucoup plus nette. Avec son caractère heureux et équilibré, il ne s'en plaignait pas, et, se fiant à l'habileté de Salvato, qui était le matelot de la *Luisa*, il avait déjà pensé, une fois sorti de Gibraltar, et doublé le cap Saint-Vincent, remonter tout lentement la côte du Portugal, quitte à atteindre même le golfe de Biscaye. Là-bas, probablement, on découvrirait quelque îlot, qui n'appartiendrait à personne, et l'acheter ne serait pas offensant. Quant aux protestations de la comtesse mère, dans sa simplicité, il ne s'en souciait guère.

Le temps était bon, la mer calme, le printemps poussait jusque sur la mer son souffle chaud, et, à un moment donné, quand Daddo eut quitté la *Luisa* à l'embouchure du Rio Tinto pour se rendre à Séville à la recherche du joaillier, on aurait coupé l'azur en tranches, tant il était azur. Et il y avait un calme, un silence, un tel plaisir de vivre! M. Santos se trouvait absent de Séville : il s'était rendu à Grenade pour une petite fête familiale, et Daddo se consola en flânant dans les blanches ruelles et en achetant d'inutiles fanfreluches, qui, pourtant, n'auraient pas paru inutiles à la comtesse mère et aux deux secrétaires, à Mlle Bisi surtout : entre autres, une écharpe de soie blanche, toute filetée d'or, très belle, et un collier de pierres bleu-vert pour la femme de Salvato, afin qu'au retour de son mari elle fût remplie de joie. Ensuite, il fit l'achat de deux caissettes de Malaga, que le cher Adelchi apprécierait beaucoup, et, pour lui-même, des cartes postales et du tabac pour sa pipe. Au couchant, il était de nouveau à Palos, et la navigation reprit.

Elle dura plusieurs jours : on aurait dit que Salvato faisait exprès, chaque fois qu'un peu de vent soufflait, d'amener la voile, et le comte, partie parce qu'il était bien élevé, partie parce qu'il accordait peu d'importance aux retards, le laissait faire. Ainsi passaient les journées : Salvato, sitôt que possible, s'allongeait pour dormir, un bras sur le front; et Daddo, quand il ne devait pas prendre la relève, allait et venait sur le pont, pour bourrer sa pipe, pour regarder les vagues qui avaient l'air de turquoises liquides, pour sourire, pour penser combien le monde, au fond, malgré l'éternelle question entre Russie et Amérique, est beau, et le Cosmos une chose gracieuse.

C'est le 5 mai qu'ils arrivèrent à Lisbonne, et il y avait je ne sais quelle fête religieuse, les cloches de la cathédrale sonnaient et le peuple s'égaillait dans les rues, s'arrêtant devant certains éventaires illuminés pour acheter des cacahuètes, des raisins secs, du cochon de lait rôti, des petits saints de plâtre, des petites trompettes et de mignonnes charrettes de bois jaune et vert, avec leur petit cheval harnaché de rouge, le tout pour quelques *centavos*, comme il est d'usage dans le peuple à chaque festivité, et les Portugais ne faisaient pas exception. A cette occasion, Daddo trouva que c'étaient de fort braves gens, encore qu'un tantinet susceptibles, et il eut regret de les quitter. Au programme, il n'y avait plus aucun arrêt, si d'abord ils ne découvraient quelque nouvelle terre, au moins jusqu'à la Corogne, où ils se trouveraient derechef en territoire espagnol.

Le lendemain, 6 mai, en naviguant de nouveau loin de la côte occidentale de la péninsule ibérique, qui, en un certain sens, est le dernier lopin d'Europe, quelque chose changea. Le temps était toujours bon, mais l'azur éclatant avait disparu, le soleil aussi, et même la lumière apparaissait vaguement voilée, comme s'il y avait eu des nuagelets, pourtant inexistants. Et la mer n'était plus turquoise : elle avait pris une couleur d'argent bruni, comme le dos d'un poisson, et au lieu des écailles, il y avait quantité de vaguelettes... qui se poursuivaient. Il régnait une grande paix, pas plus grande peut-être que dans la Méditerranée, car la mer est partout la même, mais qui semblait telle à cause de ces teintes pâles où s'était endormi le soleil, et de cette mélancolie, qui était dans l'air, une mélancolie de Semaine Sainte eût-on dit, bien que Pâques fût, cette année-là, tombé très tôt, et qu'on touchât au seuil de l'été... Une luminosité jaunambrée était tout ce qui apparaissait à l'horizon, tandis que, à droite, on entrevoyait encore la côte basse et nue du Portugal, jusqu'à ce qu'elle disparût, telle une ombre, définitivement. Alors, à cette lumière rosée se mêla un certain vert livide, et les vagues, tout en n'étant pas plus agitées, se firent plus grosses. Il était une heure, ce 7 mai, et pendant la nuit et la matinée d'autres milles étaient passés, sans pour autant que le décor eût changé, lorsque aux yeux de Daddo qui se tenait sur le pont, un peu soucieux, à son regard d'enfant, se présenta dans les lointains, nimbé de cette luminosité, un point brun-vert, en forme de corne ou de gimblette rompue, qui n'apparaissait pas sur la carte. Il demanda au matelot de quoi donc il pouvait s'agir (il avait pensé, en un premier temps, à un troupeau de cétacés, vu que ce point, pour petit qu'il fût, présentait des gibbosités), et Salvato lui répondit qu'il pouvait se tromper mais que ça ressemblait beaucoup à l'île d'Ocaña ; et, ce disant, il n'avait pas l'air (du reste, il ne l'avait jamais en raison de sa paresse) de quelqu'un qui brûlait de curiosité, et tenait pour une grâce de pouvoir la satisfaire. Au contraire!

« Ocaña! Quel beau nom!» observa le comte, en ôtant la pipe de sa bouche; et il dit cela précisément parce que dans ce nom il y avait un je ne sais quoi de déplaisant et d'amer, qui incitait à la pitié. Après quoi il ajouta, en manière de douce interrogation : « Je vois qu'elle n'est pas signalée sur la carte.

– Non, elle n'est pas signalée, répondit Salvato d'un ton sec, parce que», et il cherchait à regarder quelque point où l'œil ne rencontrât pas la pauvre Ocaña, « parce que, grâce à Dieu, ceux qui font les cartes sont des chrétiens, et que, les choses du Diable, ils ne les voient même pas.

– Allons, mon cher, allons, répondit le comte avec un bon sourire, il ne convient pas de parler ainsi des malheureux. Si le Diable existe, le Seigneur lui porte plus d'amour qu'à toi et à moi, tu peux en être sûr. Et puis, pourquoi – du Diable?»

Il lui était venu à l'esprit que, si ce rocher s'entourait d'une vilaine légende, le prix en était probablement bas, et cela, tout compte fait, ne lui déplaisait pas. L'âme lombarde a toujours un arrière-fond pratique, qui, d'une certaine manière, est aussi de la bonté.

A cette interpellation, le matelot bredouilla : et il fut clair que la légende devait beaucoup plus à l'improvisation de sa paresse qu'à la force d'un fondement historique; mais elle vint nourrir une impression que, par la suite, le comte devait reconnaître comme très proche de la réalité : à savoir qu'il s'agissait non pas d'une île normale, sinon, Diable ou pas, les cartes l'auraient signalée, mais plutôt d'une corne rocheuse désolée affleurant sur la mer, et à demi brûlée. Là-bas, sans doute, il n'existait que des racines et des serpents.

19

« Nous verrons bien », conclut-il.

Ce n'était pas une idée heureuse mais Daddo en avait parfois de ce genre; quelque chose, dans son caractère, de but en blanc s'enrayait et le poussait à chercher les difficultés. Pour être plus explicite, certaines solitudes et terreurs, précisément parce qu'il aimait le contraire, l'attiraient, comme si s'en élevaient de pauvres voix criant au secours. C'est pourquoi, intérêt mis à part, il dit à Salvato de mettre le cap dans cette direction, ordre auquel le jeune homme, de fort mauvais gré, obéit.

Il s'écoula encore une demi-heure. Maintenant, comme dans une lunette jaunâtre, ou qu'un peu de fumée a jaunie, on voyait des sortes de chênes, un bout de champ, une maison. Ils avancèrent encore, et, à l'ombre d'un de ces chênes, se trouvaient assis quelques messieurs et une vieille (à ce qu'il semblait), absorbée dans son tricot.

Ils avaient aperçu la luxueuse embarcation du comte, mais leurs cous restèrent dans une quasi immobilité. L'un d'eux, le plus jeune, dont la tête était blanchedorée, lisait quelque chose, adossé au grand arbre. Les autres, silencieusement écoutaient.

Daddo fit de vagues gestes de salut, auxquels il ne fut rien répondu. Alors, priant Salvato de jeter l'ancre, profitant du bas-fond, il se laissa descendre dans une autre embarcation, la petite *Luisina*, et franchit la centaine de mètres qui le séparaient de la plage.

Il avait l'impression, qui sait pourquoi, qu'il s'agissait de gens pétrifiés.

III

RENCONTRE AU PUITS

Le bon marquis. La bête. Les effets d'une écharpe

« Salut ! cria-t-il. Besoin de rien ? »

Il se rendit compte, immédiatement gêné par sa maladresse, que le silence de ces personnages n'était pas produit par la stupeur ou le malaise, mais plutôt, fort probablement, venait de ce qu'il s'était exprimé en pur lombard, langue qui ne devait pas être connue ici ; mais cela, s'ajoutant à l'aspect pour le moins bizarre et triste de ces êtres, et à l'étrange occupation qui semblait les captiver alors que l'océan pesait et resplendissait de toutes parts – la lecture, ou l'écoute, de quelque poème ou roman – lui produisit un moment de vague appréhension. Il faut en outre considérer que l'île, fût-ce imperceptiblement, paraissait se mouvoir, ce qui, à n'en pas douter, était une conséquence de la longue navigation, comme, cela n'est pas exclu, du fait qu'en ramant le comte s'était trouvé en un point d'où l'on ne voyait plus la *Luisa*, et, derrière lui, tel un mur éternel, s'allait refermant la mer.

Cependant – ainsi certaines sensations ne reposent-elles sur rien et apparaissent-elles, pour finir, comme des perplexités et des déductions infondées – le plus jeune de ces

21

hommes, et précisément celui qui attirait l'attention de tous, avait compris l'embarras du visiteur; raison pour quoi, s'étant écarté légèrement de son estrade naturelle, et tandis que la vieille rentrait dans la maison, il se hâta, avec un sourire, d'aller à sa rencontre.

Au plus, il pouvait avoir dix-huit ans, et tout, en lui, exprimait une beauté authentique mais déjà abîmée. Grand et grêle comme une grue, une figure longue et étroite d'Ibérique, mais des yeux clairs et une chevelure délavée de Britannique, il était habillé, comme les autres, de vêtements pauvres et colorés dont la façon semblait remonter aux temps anciens : mais, contrairement à ceux des autres, qui tiraient sur le vert épinard et le bleu foncé, avec un effet général de violet, les siens étaient très faiblement colorés : un gilet de velours jaune, des pantalons bleu clair, de velours aussi, des bas rouges et, pour finir, une chemise de toile verte richement brodée et râpée. Aux pieds, des savates inqualifiables. Le visage et les mains qui sortaient de ces somptueuses étoffes criblées de trous de mites, froissées et de mille façons outragées par les ans comme par une utilisation visiblement continue, étaient, à l'égal de l'habit, délicats et usés, avec quelque chose d'ingénu, de timide, d'ahuri et même, dans leur blancheur flétrie, de joyeux. Plus il s'approchait, plus il s'illuminait, tel entre les brumes un pauvre rivage sous les dards du soleil, et le comte vit que la peau transparente de sa face était toute couturée de fines ridules semblables aux nervures qui couvrent certains pétales de fleurs : il en résultait un effet fort étrange, à cet âge, de décrépitude et de résignation. Il s'arrêta à quelques pas de Daddo, et, baissant à peine la tête, parlant de la façon la plus douce, et presque féminine, un ancien portugais, il se présenta comme don Ilario Jimenez des Marquis de Segovia, comte de Guzman, seul habitant, avec ses frères, de l'île.

22

Devançant le devoir normal de l'étranger : se présenter, lui, le premier – par simplicité juvénile ou parce qu'Aleardo, surpris, ne soufflait mot – cette précipitation émut le comte : il s'inclina, à son tour déclina son nom, remercia en portugais – langue qu'il connaissait à la perfection pour avoir séjourné plusieurs fois au Brésil – de tant d'affabilité ; et il raconta comment il était en voyage depuis quelques jours, avec le dessein d'aborder à des lieux inconnus, chose, cependant, vu l'actuel développement des sciences nautiques, qu'il n'espérait plus. Mais la fortune l'avait assisté.

« Vous êtes aimable, *o senhor*, de vous exprimer ainsi à notre égard », lui répondit don Ilario, après l'avoir écouté, avec son pur sourire ; et il ajouta, un peu mélancoliquement : « Notre chère terre n'est même pas indiquée sur les cartes, tant elle est petite, et elle ne peut arborer aucun drapeau. Pourtant, nous nous sentons toujours portugais. Ainsi, du moins, était notre famille lorsque, de Lisbonne, au XVIIᵉ siècle, elle se transféra ici. Mais aurez-vous la bonté de me suivre ? »

Ce disant, il le conduisit vers la maison, grise et sordide construction à un seul étage, ornée, sur un côté, d'une tourelle ; et, en partie parce que, depuis quelques instants, la lumière du soleil semblait avoir encore faibli comme au printemps quand la pluie menace, le comte crut voir plutôt l'indication d'une maison, selon l'usage du théâtre moderne, qu'une véritable habitation, et il en éprouva un sentiment d'incertitude. Et puis, les frères du plus jeune se levant pour le saluer, Daddo remarqua combien ils étaient grands et minces, et complètement différents, comme nés d'une autre mère ; à la fixité, à la mélancolie de leur figure, il crut comprendre pourquoi la vie, pour le bon marquis, ne s'offrait pas sous un jour bien lumineux.

Ces deux hommes – dont l'aspect, dans l'ensemble, était

plus celui de gardiens de troupeaux ou de domestiques que de gentilshommes – après s'être présentés comme Hipolito et Felipe Avaredo-Guzman, fils d'une première épouse asturienne du défunt marquis, reprirent leur attitude apathique, la même qu'ils avaient en écoutant la lecture du livre; Aleardo y vit aussitôt l'effet non seulement de leur fruste et muette nature, donc de l'extrême lenteur de leur imagination, mais aussi du désespoir économique où d'évidence ils se trouvaient plongés et que nulle ressource littéraire, comme pour le candide Ilario, ne venait apaiser.

Ils semblaient à tel point pénétrés du désert et de la décrépitude où ils étaient relégués, et si conscients de n'en pouvoir sortir d'aucune façon, que cette attention qu'ils portaient aux lectures de leur frère devait sûrement s'interpréter comme l'impossibilité, pour un mourant, de chasser une mouche, et certes pas comme de l'attention. Et l'ayant compris, Daddo brûlait déjà d'inquiétude en pensant à la manière de prodiguer ses richesses dans cette île, afin qu'ils renaissent telles des plantes, et de donner au sensible Ilario un auditoire plus digne et, s'il le méritait, honneurs, renommée. Et il remerciait le ciel de l'avoir fait comte de Milan, et sa mère de l'avoir poussé, avec son inépuisable ambition, vers cette pauvre terre.

En attendant, soit pour la jeunesse qu'il partageait avec le noble Lombard, soit pour cette bonté et cette douceur qui les habitaient tous deux, don Ilario paraissait se réjouir de plus en plus de la visite de l'étranger, et penser au moyen de la prolonger. L'occasion lui en fut donnée tandis qu'il l'accompagnait pour faire le tour de l'île.

Juste derrière la maison, s'étirait une petite colline destinée, ou pour mieux dire abandonnée, comme nature avait voulu, à la pâture, et cernée par ces chênes qui, vus de la mer, avaient l'air de cétacés et défendaient les solitaires habitants contre les assauts du vent océanique. Là, on voyait quelques brebis, les unes couchées sur leurs pattes au milieu de l'herbe, les autres la tête basse, broutant, et, comme toute brebis, sans doute ne pensant à rien. Plus à droite, dans une sorte de couloir où se faufilaient vent et soleil pour exalter la couleur argentée et l'instinct musical de quelques oliviers qui tremblaient sur la ligne aveuglante de la mer apparue de nouveau, se trouvait un puits : et autour de ce puits s'escrimait la « vieille » : voyant qu'il y avait des visites, elle était rentrée peu auparavant dans la maison; ensuite elle devait être sortie d'un autre côté.

Grande fut alors la surprise de Daddo, quand il s'aperçut que celle qu'il avait prise pour une vieille n'était rien d'autre qu'une bestiole très verte et de la taille d'un enfant, à l'aspect d'un lézard géant, mais habillée en femme, avec un jupon foncé, un corset blanc visiblement déchiré et suranné, et un petit tablier fait de plusieurs couleurs puisque c'était la somme évidente de toutes les guenilles de la famille. Sur la tête, pour cacher l'ingénu museau blanc-vert, cette servante portait un fichu, foncé lui aussi. Elle était nu-pieds. Et, bien que ces vêtements, qu'elle devait à l'esprit puritain de ses maîtres, l'empêtrassent plutôt, elle semblait apte à exercer tous les métiers avec une certaine agilité.

En ce moment précis, pourtant, elle donnait l'impression de n'y point parvenir : l'une de ses vertes petites pattes était bandée, et de l'autre, avec des soupirs intenses, elle s'efforçait en vain de tirer un grand seau du puits.

Aussitôt, avec cette âme chevaleresque qui le rendait si aimable, sans perdre de temps à se demander, ainsi qu'aurait voulu la religion qu'il professait, si cette créature était chrétienne ou païenne (comme elle en avait plutôt l'air), Daddo se précipita aux côtés de la bête, qui leva vers son

visage deux petits yeux suppliants et rêveurs, en murmurant – tandis que le comte se saisissait du seau :
« Merci, *o senhor!* Merci!
– Mais de rien, petite-mère!
– Eh oui, le crochet s'est abîmé », observa don Ilario, qui n'apparaissait pas du tout inquiet de l'effet qu'une pareille servante pouvait produire sur l'étranger; et cet accent tranquille, absolument dénué d'embarras ou de peine, suffit à persuader Daddo qu'il n'y avait rien de surprenant dans cette « petite vieille »; ou, si d'aventure il fallait y voir du merveilleux, cela faisait partie de la normalité du monde, qui, en soi (étant donné qu'au début il n'existait pas, et qu'il a existé ensuite, et qu'on ne voit pas qui ou ce qui l'a engendré), était assez énigmatique. En cela son esprit extatique l'aidait beaucoup, qui partout, dans le mécanisme de la nature, discernait une âme égale et entendait un appel à son sentiment de la fraternité. Sans compter qu'il y avait effectivement dans la créature quelque chose d'humble, de pensif.

Évitant de la regarder avec curiosité afin qu'elle ne se sentît pas embarrassée, Daddo remonta vivement un autre seau, et, alors que le marquis se confondait en remerciements, il dit que pour le crochet ce n'était rien du tout, qu'il pouvait le réparer; seulement, il fallait qu'il remonte à bord prendre le nécessaire.

Quelques minutes après, il se trouvait de nouveau sur la *Luisa.* Et, se gardant bien de raconter au fantasque Salvato ce qu'il avait vu, il chargea sur la barque, avec les outils, le plus de choses qu'il pouvait : une caissette de Malaga, des romans italiens qu'il voulait offrir à don Ilario, et l'écharpe de soie filetée d'or, cadeau vraiment fou pour la pauvre vieille. Il se disait, dans sa candeur, que cette créature était, après tout, un être féminin et qu'un brin de vanité, au cœur de sa vie misérable, devait lui rester. Il vit juste.

Quand l'Iguane, car c'était bien une Iguane, aperçut, déployé sur l'immense cheminée de la cuisine, ce pur symbole de la civilisation européenne, elle fit un cri strident qui finit en une plainte, et ses courtes pattes de devant, dont une, comme le Lecteur se souviendra, était bandée, s'unirent dans un geste de déchirante, muette admiration; puis, de ces yeux imperceptibles et doux, que des paupières rugueuses cachaient éternellement, descendit, ou plutôt monta une larme, puisque les paupières des iguanes s'ouvrent exclusivement de haut en bas. Elle murmura quelque chose d'incompréhensible, où l'on distinguait pourtant un :

« *Não para mim... Não para mim...*

– Mais si, c'est vraiment pour vous, petite-mère, répliqua Daddo, tandis que don Ilario, cloué sur place, souriait à son nouvel ami. Là, voyez si vous n'avez pas l'air d'une jeune fille, si ça ne vous va pas à ravir.»

Ce disant, ainsi qu'il arrive parfois quand des mots dits sans intention précise révèlent, comme des rayons de lumière jaillis de l'inconscient, quelque vérité échappée à l'esprit de pierre, le jeune homme se rendit compte, abasourdi, que la créature qu'il avait appelée «petite-mère» était, en réalité, encore moins qu'une fillette : une petite iguane de sept ou huit ans au plus, que seuls l'aspect ridé de son espèce, et un dépérissement qu'on pouvait attribuer à des causes diverses, tel que porter de gros poids, servir assidûment et je ne sais quel sauvage abandon, trop lourds même pour l'enfance d'une bête, avaient comme recroquevillée et enténébrée. A présent, la joie qui l'animait tout entière, le révélait.

Avec de ces mines qui, à tout autre spectateur que le tendre comte, auraient semblé grotesques pour ne pas dire horripilantes, la créature ajusta l'écharpe sur sa tête, en inclinant, tandis qu'elle nouait les extrémités, en tous sens son effrayante petite figure effilée, exactement comme une élégante à son miroir; et puis, cherchant où elle pourrait se regarder, elle courut devant un immense chaudron de cuivre auquel elle-même, de ses vertes menottes, avait donné son éclat, et là, elle se pencha, ployant une patte de derrière, ainsi que le comte l'avait vu faire aux belles demoiselles de la haute société quand on leur offrait un luxueux bout de chiffon; après quoi, elle dirigea vers lui son museau radieux, et néanmoins si humble que le comte eut envie de pleurer. Se retournant vers le marquis, il espérait voir sur son beau visage ridé le sentiment d'affection qu'il éprouvait, lui, mais il n'y lut rien de tel, plutôt une bienveillance forcée et distante, comme si les façons de cette créature l'embarrassaient, et qu'il se promettait même, à peine seraient-ils seuls, de lui en faire le reproche.

« Suffit, à présent, Estrellita; à présent tu vas dans ta chambre car monsieur le comte et moi avons à parler, dit don Ilario avec une bonté mâtinée d'une certaine dureté.

– *Não... Não... Não...* », et d'autres confuses interjections de la langue de Camoens, avaient dans le balbutiement de cet être quelque chose de miaulant, et, maintenant, d'atterré; et elles créèrent un tel trouble, dans et sous l'écharpe blanche; et, en même temps, on entendit un son si argentin de clochettes désespérées, que le comte tourna sur lui-même pour voir ce que c'était... l'Iguane n'était plus là. Par une trappe placée sur un côté de l'âtre, elle avait glissé, véloce, dans sa « chambre », une pièce, peut-être le bûcher, sous la cuisine; et la trappe s'était refermée. Mais pas au point qu'une fente encore tremblante entre la planche et le carrelage ne laissât voir une ténèbre si absolue qu'on pouvait se demander s'il s'agissait bien là d'une chambre, et pas du plus isolé des puits. Et de là provenaient encore, mais étouffés, ces « *não... não... não...* » qui étaient la voix d'une désobéissance chronique sans doute, pas très éloignée des pleurs, et qui, chez un être aussi jeune, eût requis plus d'indulgence. Mais d'indulgence, sans parler de pitié, nulle trace sur la face pâle du marquis. Et même, à présent, sa bienveillance se délitait en je ne sais quelle muette et atroce impassibilité, qui se dissipa à son tour sous un sourire un peu faux, alors que la voix douce disait :

« Oui, j'admets qu'il y a un peu de nervosité chez notre Iguane... Je te dirai plus tard, comte, où nous l'avons achetée. A part ça, crois-moi, elle est très comme il faut, et je ne sais pas ce qu'il en serait de nous, et de cette maison, sans l'aide de ses vieilles mains...

– Vous l'avez achetée ?... » dit le comte. Il ne s'était même pas aperçu de ce tutoiement si humain. Et il s'arrêta, car dans toute sa voix, et dans ses yeux limpides, il avait mis un tel élan que quiconque, et à plus forte raison un être doté de l'exquise sensibilité de don Ilario, aurait deviné ce que son âme, à l'insu de son propre esprit, méditait; c'est-à-dire : acheter à son tour la pauvre Iguane pour lui restituer, avec la liberté, tous les rêves de son âmelette bestiale. Mais le marquis, à cette interrogation, comme s'il n'avait entendu rien qu'un peu de vent, ou le murmure que fait parfois la mer, plus ne répondit.

IV

LA MISÉRABLE MAISON

On discute de l'Univers. « Aide-moi! »

Sortis de la cuisine, ils allèrent visiter la maison, qui, de l'intérieur, apparaissait beaucoup plus grande et belle, dans sa tristesse, qu'on ne le remarquait de l'extérieur.

Il y avait, le long du couloir, de nombreuses autres pièces, et, entre autres, le vestibule. Ces pièces, le marquis les fit à peine voir à travers les étroites portes entrebâillées : elles étaient dans un indescriptible et sombre abandon, et sur les murs hauts et blancs se reflétaient, filtrés par le grain du verre de petites fenêtres, tous les mouvements du feuillage des arbres que, dehors, vent et soleil, dans le silence, agitaient. Des bouquets rouges de tomates mises à sécher, des livres poussiéreux, des horloges arrêtées, quelques portraits d'ancêtres, des armoires vertes aux vantaux dégondés... tout ce qui s'étale d'habitude dans les vieilles maisons abandonnées était là en abondance, faisant un étrange contraste avec l'affirmation du marquis selon quoi l'Iguane pensait à tout et veillait à l'ordre. Non, il n'y avait pas d'ordre; quelque chose le rendait impossible, et c'est en apparence seulement que l'Iguane était destinée à cette fonction. Alors, face à de telles contradictions, qui prenaient une tournure plutôt sinistre, le comte se demandait de plus en plus quel était le mystère de cette maison, et si la misère en était vraiment l'unique mal, le pire.

Une fois atteint le bout du couloir, où une étroite fenêtre sans rideau, comme toutes les autres, brillait en ce moment de la lumière blanche du soleil sorti des nuages, on pouvait voir que ledit couloir faisait un coude, parcourait tout le côté droit de la maison pour finir devant un petit escalier de pierre qui menait à la tourelle que, de l'extérieur, on voyait orner la maison telle une dent cariée. Là aussi, poussière, escaliers brisés, et en outre une âcre odeur de papier accumulé depuis des années, d'encre pourrie qui, se rapprochant de la scène vue à son arrivée, révéla au comte, pour la connaissance familière que, dans une certaine mesure, il en avait, quelle était la vraie activité du jeune Segovia. Cette odeur disait que le jeune homme, né au milieu des papiers, vivait au milieu des papiers, et toujours y vivrait. C'était un lettré, un bibliophile, peut-être; en tout cas, un homme plongé dans d'éternelles chimères. Et se rappelant ce dont l'avait prié Adelchi à Milan, il décida de lui demander, dès que possible, s'il n'avait pas quelque intéressant ouvrage prêt à l'impression.

« Tu vois, disait pendant ce temps don Ilario, là-haut se trouve ma bibliothèque... », et il l'indiquait de sa main diaphane. « Je te la montrerai plus tard... parce qu'à présent elle est un peu en désordre. Tu restes chez nous, ce soir, n'est-ce pas ? Et demain aussi peut-être ? Quelle joie ! Comme je t'en remercie, Daddo ! Mais pour l'heure tu dois être fatigué, viens, je vais te montrer ta chambre... »

Et il y avait dans chacune de ses paroles un rien de faible, de désarmé, et aussi d'extatique : comme si d'un coup il se mettait à oublier tout mal, ou toute terreur, ou tout désagrément, et que son esprit s'ouvrait, par la bénéfique présence du comte, à l'on ne sait quel espoir englouti, réaffleurant maintenant, choyé et impérissable.

S'étant reposé dans sa chambre une demi-heure peut-être, si l'on peut se livrer au repos dans le repos car jamais le comte ne s'était senti plus détendu qu'alors, comme dans un demi-sommeil quand avril commence, et, bien que tout l'inquiétât, tout le berçait aussi – Daddo fut heureux, à un petit coup toqué à sa porte, de se lever et de rejoindre, à table, ses hôtes. Ils mangèrent dans le salon, servis par une Iguane fort différente de la première, dans le sens que tout en étant la même Estrellita qui avait montré un si incomparable bonheur devant l'écharpe et presque un soudain épanouissement de jeunesse, à présent, comme si une vieille humiliation – dont le secret se trouvait peut-être dans le reproche de don Ilario – avait de nouveau voilé son douloureux esprit, elle semblait décidée à ne pas remonter, même pour l'amour du comte, des abîmes de la soumission la plus apathique, de la plus triste somnolence du cœur. Elle posait, avec cette indifférence qui frôle l'impolitesse et qu'à plusieurs reprises le comte avait remarquée chez les enfants malheureux, les mets sur la table, et sitôt après, comme ennuyée, allait tel un chien se coucher sous la table même. Là, plus d'une fois don Ilario lui jeta un os et quelques bouts de peau d'une poule que Felipe avait préparée en l'honneur de leur hôte. Il y avait aussi une soupe de pommes de terre en robe des champs d'une grande fadeur, mais le comte, comprenant que le fruste Felipe ne pouvait pas faire mieux, se répandit en compliments : jamais, disait-il, il n'en avait mangé de sa vie (ce qui était vrai) et il voulait commander la même à Milan. Rien n'eût donc manqué à la sérénité, pour ne pas dire à une profonde joie du comte, si seulement ces nobles provinciaux avaient permis à la bestiale petite servante de s'asseoir à table, et si cette douleur qu'il découvrait sous le pauvre front avait été consolée : chose, comme on peut facilement le déduire, impossible. Mais le comte se sentait mal à l'aise parce qu'en outre la créature s'était couchée juste au pied de sa chaise, et que, de temps à autre, il voyait une verte menotte se tendre hors de la table pour demander l'obole d'un bout de pain. Elle avait des petits yeux rouges, et apparaissait dans un grand désordre; sur son mince museau allongé était tombée une brume, qui lui enlevait maintenant, soit douleur soit résignation, toute expression, si bien que par moments, vu l'abandon où elle était plongée, on aurait dit que la créature dormait.

Aidé par sa bonne éducation, le comte s'efforçait d'ignorer la cruauté des Guzman qui troublait ainsi son cœur, et il amena la conversation sur le but second de son voyage, taisant le premier, qui était d'acheter des îles pour la comtesse mère, ce qui aurait pu blesser la sensibilité de ces malheureux; ainsi parla-t-il du grand développement de l'activité éditoriale en Lombardie et de la carence d'ouvrages qui, à un moment donné, risquait de faire s'écrouler l'entière machinerie de cette industrie. Il dit grand bien, après avoir fait d'ailleurs l'éloge des autres éditeurs aussi, du jeune Adelchi à qui il était facile de prédire, dit-il, grâce à ses brillantes et inépuisables qualités d'acheteur de talents, un lumineux avenir; et, pour conclure, il rapporta la prière dont il avait été l'objet avant de commencer son voyage, un soir, via Manzoni : ramener à Milan quelques manuscrits inédits, romans ou *cantos*, concernant le Portugal. Cependant, il s'abstint d'indiquer les thèmes suggérés par la mode – misère, oppression et, si possible, des amours piquantes – cela lui paraissant un manque de tact dans cette maison qui, regorgeant des deux premières matières, de la troisième n'offrait rien, fût-ce la plus pâle et commune, la plus petite apparence, et il se limita à toucher deux mots du plaisir qu'on aurait à découvrir quelque ouvrage du maître de céans.

A ces paroles, don Ilario eut de nouveau au fond de ses tristes yeux bleus cette expression de joie, cette lumière d'espérance que le comte avait remarquée tandis qu'ils parlaient dans le couloir; pourtant, comme si dans son esprit troublé (car voilà jusqu'où mène une si longue solitude jamais plus interrompue, et peut-être, ainsi que nous verrons, jusqu'à de vrais délires, enfermés dans de foudroyantes paix) il n'osait s'arrêter sur une semblable possibilité, il ne saisit pas la perche, préférant sans doute – argua le comte – renvoyer la discussion à un moment où son intérêt pour la chose pouvait se montrer fortuit, et ce, non pas par calcul, mais bien par cette pudeur fort intense que les âmes élevées éprouvent devant n'importe quel clin d'œil du profit. Il pria donc, comme pour jeter les bases d'une curiosité propre à lier proposition et réponse, sans blesser la décence – il pria Estrellita d'aller prendre dans sa chambre ces romans que le comte lui avait offerts, et de bien vouloir, sitôt après, servir le café. A quoi la petite servante, sortant toute sombre de dessous la table, et comme sous un charme, obéit. Elle alla et revint; mais pas à une allure telle que, reprenant la discussion interrompue et interrogeant, fût-ce prudemment, don Ilario sur ce qu'étaient les réelles conditions de la culture portugaise, le comte ne découvrît chez le jeune homme une attitude, devant le mot culture, qui ne laissa pas de le frapper, et pas à son avantage.

Or donc le marquis dit que, à son avis, même en prenant acte des différentes structures économiques qui séparent les deux pays, en plaçant l'un, en quelque sorte, au premier plan, et l'autre beaucoup plus en arrière; donc, il dit que là n'était pas la cause – et il pouvait se tromper, mais il ne le souhaitait pas – dont dépendait, au Portugal, le retard d'un réveil artistico-littéraire (et par conséquent éditorial); non, cela venait à coup sûr de la présence, dans l'esprit portugais,

34

et même au milieu d'un si profond sommeil, d'une conscience très douloureuse du dualisme qui se trouve à la base de la Création ; et de la certitude que, si le bien augmente, de même augmentera le mal aussi ; et que celui-ci, plus fort que celui-là, profite de chaque œuvre, action, progrès du bien pour attiser son feu, comme on peut le voir (dit-il) d'après les conditions actuelles des peuples. Autrement dit, tout bien étant un aiguillon du mal, un encouragement pour celui-ci à sortir son épouvantable petite tête, s'abstenir de tout bien apparaissait comme la suprême pitié, afin que la vie, dans son ensemble de bien et de mal, peu à peu dépérît, et, s'étant enfin dénoué le nœud vital, celui ou ceux qui avaient fait la première erreur s'en aperçoivent et changent de système en rebâtissant un monde exempt de tout mal. Ceci se révélant comme le vrai but de la culture – l'enlisement de la vie, et la divulgation du principe qu'on doit refaire la vie à travers un retour au vide originel –, il était évident que la voie la plus juste, le vrai devoir de tout gentilhomme ou de tout génie poétique se trouvait dans la volonté de réduire au minimum, ou au moins de garder cachée, sa propre respiration aux fins de ne pas souffler sur le feu d'une Création mauvaise et bourrée comme un œuf de crimes et de duperies (dit-il) inracontables.

Tandis que le marquis prononçait ces paroles, de l'air d'amener, à travers un préambule qui hésitait entre la plaisanterie et la folie, ou un paradoxe mystique, son propos au point où il pourrait ensuite franchement se lancer sur un terrain plus réel, quelque chose, dans ses yeux, disait que cette conception du monde et cette terreur du mal étaient pour lui beaucoup plus sérieuses que ne l'admettait sa politesse ; et que, même en ce moment, comme sans doute depuis des années, à leur seule évocation elles s'étaient accrochées à ses basques et le terrifiaient ainsi que des fantômes sourcilleux en usent avec les enfants sans défense.

Une rougeur sombre lui monta au visage, puis cette couleur s'enfuit et il resta dans ses yeux je ne sais quelle atroce fixité de pierre. Et il était pénible de voir combien, dans cet accablement désespéré, il se retrouvait seul ; car, pendant ce temps, les Avaredo, aux deux bouts de la table, continuaient à manger comme si de rien n'était, échangeant même des regards de satisfaction pour cette bouillie fade que, tantôt avec une fourchette aux dents brisées, ils traînaient tout autour de leur écuelle, afin qu'elle recouvrît des petits morceaux de pain qu'ils avaient mis dedans ; tantôt, courbant leurs têtes laineuses, ils portaient à la bouche, produisant, dans ce silence, une gloutonne rumeur.

« Pardonne-moi, Ilario, dit alors le comte, comme revenant à lui-même de je ne sais quel court et profond voyage, mais alors, si j'ai bien compris, tu dénierais au déroulement de la Création, mieux à sa gestation même, une quelconque finalité amoureuse ?

— Pas exactement, répondit le marquis, mais je dirais que Dieu, ou ce que nous appelons Dieu, n'est pas la seule origine des choses, lesquelles, comme nous le voyons d'après la nature elle-même, semblent, dans tous les cas, la résultante malheureuse de deux éléments combinés : un actif, un passif, ou, si tu veux, l'un positif et l'autre négatif...

— En cela, je ne distingue aucun mal.

— Tu ne distingues pas de mal dans ce qui freine la vie, l'aspiration sublime à s'identifier avec le Très-Haut, et réduit l'existence à un piège à rats ?

— A mon avis, non, dit le comte, si précisément ce mal permet à la précieuse vie de se révéler. Il y a évidemment, admit-il avec calme, quelque chose d'étrange dans toute cette architecture qui nous entoure, et qui n'en finit plus de s'étendre, dans la mesure où, entre autres, on n'aperçoit pas la plus petite assise... mais rien d'autre. Crois-moi, mon cher, cette construction est immense bonté, et la douleur qui

s'y répand est la pure conséquence de cet élan construc-
teur...

– Alors, c'est moi qui rêve! fit avec ironie amère don
Ilario. Moi seul ai rêvé que le mal existe, nous opprime!» et
il ajouta, le visage empreint d'une expression bizarre,
mélange de peur et de rage : « Excuse-moi, mais j'ai
l'impression qu'il fait horriblement chaud ici... et froid aussi,
en vérité », et il desserra, de ses mains tremblantes, le col de
sa chemise.

« *Porqué o tempo está mutando* », parce que le temps est
en train de tourner, commenta, d'un air badin, Hipolito.

Le comte, ému par les souffrances du jeune homme, mais
plus encore par ces propos, qui toujours l'avaient intéressé,
et qu'à Milan on ne pouvait plus tenir, sur le bien et le mal
et sur la signification de l'Univers, tendit une main pour
prendre et presser la main gelée du marquis, et :

« Très cher, ces propos ne sont pas du tout inutiles, et je
veux plutôt te remercier de m'avoir jugé digne de les écouter.
Mais un jour viendra, tu verras, où toi-même tu te mettras à
rire de certaines craintes; et ce sera quand, sorti d'une
manière ou d'une autre de tant de solitude, tu auras constaté
que le monde, lorsqu'il n'est pas malade, est bon, et s'il ne
l'est pas, étant seulement malade, il a besoin, pour guérir, de
tout notre intelligent amour. »

La main qui était dans la sienne à ces mots s'abandonna
un instant, avec une confiance qui bouleversa le visiteur,
tandis que ces yeux le fixaient avec le ravissement du
nouveau-né voyant arriver sa mère, qu'il croyait perdue, et
tremblant entre le rire et les pleurs.

« Si c'était comme ça! murmura-t-il, si c'était comme tu
dis, que le mal n'existe pas!

– Pas personnalisé, du moins, pas intentionnel; mais
seulement comme un moment du devenir, le moment, pour
ainsi dire, pratique. »

Il y eut quelques minutes de grand silence, pendant lesquelles le comte hébété eut l'impression de se trouver au centre d'une attention, ou d'un triangle d'attention, dont la pointe la plus étirée n'était peut-être pas dans le salon. En d'autres termes, il sentait autour de ses propres paroles une obscurité faite tantôt d'adoration éperdue (don Ilario), tantôt, de toute évidence, de la part des Avaredo, d'amusement ingénu, tantôt (mais il ne savait pas de la part de qui, il n'en avait que l'intuition) d'anxieuse interrogation, et cela l'empêchait d'ôter de sa main la main du jeune homme, comme s'il cherchait lui aussi, l'heureux Lombard, un brin de solidarité.

« *O senhor* plaisante, intervint à la fin, avec un sourire vulgaire, Hipolito. Il n'y a pas plus de six ans de cela, *o demonio* apparut sur cette terre sous la forme d'un oiselet, ensuite il se fit serpent, et il subit beaucoup d'autres transformations. Et il est resté ici.

– Et, pour finir, il prétendit même à la *mesada*, et menaça de s'adresser aux libres syndicats – on dit bien comme ça, *o senhor?* » ricana Felipe.

Soudain, ces répliques, touchant à un personnage qu'il ne faut pas nommer, eurent le pouvoir, avec leur calme sarcasme, de faire rougir le comte; et, tout en se disant que, à sa façon, le sens du réel montré par les Avaredo était réconfortant, il ne pouvait pas ne pas s'inquiéter de l'irrémédiable solitude où il voyait se confiner celui qu'ils auraient dû protéger, si bien que le jeune esprit avait l'air d'être vraiment retenu par les démons – et des démons qui n'avaient rien de matériel – dans de profondes et artificielles prostrations, cause, sans doute pas la moindre, de l'avancée de sa vieillesse. Alors, comme toujours en de telles contingences, le comte chercha d'atteindre le havre du salut sur la navicelle du pragmatisme; et, ramenant déjà la conversation à des choses concrètes, il allait demander au marquis quel ouvrage pareille philosophie de la terreur lui avait inspiré, allait lui inspirer – toujours pour le proposer aux éditions Adelchi, et en combien de chapitres... lorsque devint plus précise certitude la sensation de l'instant précédent, que quelqu'un de caché l'écoutait avec une curiosité fébrile. Quelqu'un prêtait l'oreille, à la dérobée... Il entendit certains graves et douloureux soupirs, de ceux que poussent les enfants dont l'âme est désespérée, et, derrière un rideau, il vit briller les petits yeux de l'Iguane!

Elle avait tout entendu! Et paraissait encore plus avide d'entendre, sachant qu'elle était l'objet non nommé de la discussion. Dans ses petits yeux il y avait une si ténébreuse attention, qu'elle ne prenait plus garde au paquet de livres qu'elle serrait contre sa poitrine : et l'un d'eux tomba, avec un bruit sec, révélant sa présence. Alors la malheureuse entra, comme si de rien n'était, dans la salle à manger.

Ainsi qu'il l'avait fait le matin, avec une joie dont il ne pouvait s'expliquer la raison, et qui n'était peut-être pas en harmonie avec les sentiments de ses hôtes, mais dans l'impossibilité d'en agir autrement, le comte, d'un mouvement vif, se leva et se dirigea vers la créature. Lui enlevant ce poids de ses bras menus, et ramassant le livre qui était tombé, il trouva moyen de lui faire une caresse fugace sur son effrayante petite tête; à quoi la bête ne répondit rien mais leva encore sur le Lombard ses yeux doux et passionnés, qui racontaient une infinie tristesse; et elle semblait lui dire : « Aide-moi! » Puis, silencieuse, elle sortit.

V

L'INVOLONTAIRE INDISCRÉTION

Un fou. Hypothèses

Un vent s'était levé, qui pourtant, peu après, tomba complètement, et au lieu de prendre le café sous le chêne, selon leur habitude, les Avaredo y renoncèrent pour s'accorder un court repos dans leurs chambres, tandis que le marquis montait, avec les tasses qu'il était lui-même allé prendre dans la cuisine (l'Iguane semblait avoir disparu), à la bibliothèque de l'étage supérieur, suivi par son hôte. Cette pièce, peut-être parce que le ciel s'était légèrement obscurci et que la paix de l'après-midi, comme la mer aussi se taisait, était absolue, ne produisit pas une heureuse impression sur le comte. Haute, très haute et étroite, avec un plafond en coupole, elle recevait la lumière d'une seule fenêtre profondément encaissée dans le mur, presque une meurtrière, à laquelle on accédait par trois marches d'ardoise, et elle était scellée, plus que fermée, de trois carreaux historiés. Devant pareille fenêtre était placé, de biais, un sombre banc d'école : la table du lettré. La rare lumière qui, passant entre un groupe de rois portugais, roides et cloués sur place, arrivait là, avait quelque chose de froid, d'étranger à ce monde; c'est pourquoi, en envahissant cette puérile écritoire parsemée de papiers et de porte-plume poussiéreux et d'encriers cassés ou secs, et donc sans nulle trace d'un récent travail, elle semblait murmurer que parmi ces feuillets il n'y avait rien, absolument rien qui méritât d'être lu, imprimé, célébré, et cela donnait un sentiment de peur. En remontant ensuite le long de la paroi latérale, elle (cette lumière) grimpait jusque sur une haute peinture ovale, de deux mètres au moins, où une dame paraissant la trentaine, douce et belle, à peine délavée, comme le marquis dont l'origine apparaissait on ne peut plus clairement, portait sur ses épaules une minuscule et obscure créature qui, de sa menotte (on ne voyait pas le museau), lui ajustait une boucle pâle sur le front. La douceur des traits de la dame, qui se teintait d'une certaine grâce spirituelle, ne cachait pas les siècles de commandement et d'opiniâtre volonté, d'intérêt pour le monde et, à la fois, d'irrépressible dégoût devant ses horreurs qu'il y avait derrière ce front ; tous sentiments auxquels il fallait attribuer le rapport si solide, en apparence du moins, avec la bestiole chérie où s'était réfugié ce cœur insatisfait. Derrière un bras de la dame voilé, comme le buste creusé, de tulle azur, on devinait, plus qu'on ne le voyait, un sombre et verdâtre paysage étranger où la détérioration de la peinture n'offrait plus, réduit qu'il était à moins qu'une trace, que le miroitement d'un lac, vague réponse à une extrême éclaircie du ciel après une journée qui devait avoir été parcourue d'orages et de vents impérieux. Sous le tableau, était écrit, en lettres dorées : J'AI CHOISI LE NÉANT : c'était là une phrase qui pouvait se référer à la prédilection pour le silence plutôt que pour le verbe, aussi bien qu'à une plus simple inclination pour le mysticisme, qui avait tout à coup piqué la curiosité de la belle.

Comme don Ilario voyait l'attention avec laquelle son nouvel ami fixait la toile, un sourire doux et cependant

41

fugitif apparut dans ses yeux, et il expliqua que cette dame, défunte depuis quelques années, était sa mère, une Hamilton, quand elle vivait avec le marquis, à Tortuga, dans les Antilles, où lui-même était né et d'où il était parti à environ treize ans, vu qu'il n'en était pas encore passé six depuis qu'il avait rejoint ses frères à Ocaña. Et que cette petite guenon (« c'est donc *une petite guenon* », se dit le comte, persuadé jusqu'à cet instant, il ne savait trop pourquoi, qu'il s'agissait d'un oiseau), cette guenon, appelée Perdita, était très chère à ses parents, et elle avait grandi avec lui comme une petite sœur. Ils vivaient, en ce temps-là, dans une maison pleine d'animaux, des dangereux même, dont ils supportaient avec tendresse et indulgence infinie tous les dégâts. Lui, en quelque sorte, avait hérité, sinon la richesse des siens (pour mieux dire : de sa mère, dans la mesure où les Segovia étaient pauvres), ce même culte de la solitude, où l'on voit s'abandonner à mille extravagances ces êtres dénués de péché, qu'on appelle des animaux. Pas tous, ajouta-t-il, aussi innocents et dignes de confiance, naturellement, mais la plupart...

Ce que le comte avait du mal à croire, après l'expérience de ces heures, bien gêné par ce qui lui semblait un mensonge, et à la fois davantage prévenu devant le déséquilibre, pour ne pas dire le délire de cet esprit, et apitoyé par cette lutte du jeune homme dans une si profonde obscurité, ou triomphe de l'ambigu ; le Lombard laissait glisser son regard sur ces murs nus et sur les piles de livres qui, par contre, occupaient certaines monumentales chaises, ou s'étalaient par terre dans un désordre qui paraissait le fruit de récents préparatifs à un ordre différent, sinon à une fuite, en ce cas tout à fait impensable, de la misérable Ocaña. Et son front était vaguement assombri, lorsque, son regard tombant sur un petit cahier jauni, placé à côté d'un autre qui avait l'air plus récent, il lut, et sur le premier et sur le second,

écrit à l'encre verte : « PORTUGAL », et puis « PENOSA », « *das o marques Ilario Jimenez de Segovia, comte de Guzman.* »
« Ils sont à toi? Tu permets? » fit-il avec un intérêt soudain. Et comme il eut, en signe d'assentiment, un pâle sourire, il tendit la main pour les prendre.

Il a dû arriver, au Lecteur aussi, de temps à autre, un cas de ce genre : hôte chez des amis, ouvrir, à l'invitation distraite du maître de céans, la porte d'une pièce, et se trouver devant une scène embarrassante : avancer, reculer, apparaît également impossible à un cœur délicat, cependant qu'une sueur froide envahit le front de l'invité. Don Carlo Ludovico Aleardo di Grees n'en arriva pas là, et d'ailleurs il faisait assez froid dans le bureau du marquis exposé au nord dépouillé, mais son âme, pour ainsi dire, se ferma complètement, et il fixait la lettre servant de dédicace à *Portugal*, avec une espèce de douleur. D'autre part, automatiquement et comme en rêve, il lisait.
Et voici quoi, noble Lecteur :

Ocaña, ce jour 37 octobre
Siècle Actuel

« Ma chérie, étoile jolie de mon âme, respectable *Senhora*, Perdita!
« A genoux devant Vous, j'ose Vous dédier ce premier mien poème!
« Si toutes les constellations que, nul doute à cela, anges, archanges et chérubins soutiennent sur la balustrade de l'Univers, afin qu'une faible lumière parvienne à éclaircir notre mystère; si toutes les constellations, dis-je, les plus connues et d'autres qui ne brillent plus, mais sont certes présentes, dans la mesure où le temps, *o Senhora*, n'est qu'une distance, et où le passé et le futur règnent de concert avec l'instant passionné et foudroyant (à moins que, comme

43

il est permis de le supposer, ils n'errent prisonniers dans le chariot du néant); eh bien, si toutes ces constellations, et mélancolies, et chevelures de joie, avec celles d'autres Univers, avec tous les fruits d'argent qui se multiplient sur les ramures de l'Arbre Cosmique (tous lieux et événements que la petitesse de notre pensée meurtrie peut à peine discutailler, sans aller, de toute façon, au-delà de la plus risible supposition); or donc, si toutes ces constellations, ces voies lactées, ces nébuleuses, et en somme ces contenus de la nuit répandue comme l'océan autour de notre conscience; si » suivaient une vingtaine de périodes, également redondantes dans la forme jusqu'au baroquisme le plus outré, et tout à fait incompréhensibles, que le comte sauta; « si », reprenait l'écrivant, qui arrivait ainsi à un semblant de conclusion, « leur traversait l'esprit de brûler tous ensemble, et ainsi de s'évanouir dans l'infinité absolue, ils ne pourraient rivaliser le moins du monde avec le feu qui brûle dans mon âme, depuis que, ma Bien-Aimée, je peux Vous considérer comme mon épouse.

« Vous avez daigné descendre jusqu'à moi, Vous, mignonne créature bestiale, et donc chargée de tous les raffinements et de toutes les significations du Ciel. Alors, c'est moi qui m'efforcerai de monter jusqu'à Vous. Digne fils d'Albion, je Vous aimerai toujours, avec la dévotion la plus passionnée, *o Senhora!* Descendant moi-même de Hidalgos, quoique notre épée ait perdu depuis longtemps son antique lustre, je la déposerai à Vos pieds. Par moi chanté, Votre nom provoquera la jalousie des plus célèbres beautés, et je sortirai, armé de Votre nom, en cet âge dénué de tout idéal, pour ranimer ceux qui – génies malheureux – eurent en partage d'aussi misérables descendants. C'est ce que je ferai moi – don Ilario Jimenez des Marquis de Segovia, comte de Guzman, ou qui tel, de par mes vertus, espère devenir. Mais, en attendant, ne me méprisez pas, ne m'éloignez pas de Vous, *o Senhora*, si vous ne voulez pas qu'une mort soudaine suive une sentence d'ailleurs juste.»

Poursuivant par des mots qui comparaient ladite Perdita à un jasmin d'Espagne ou bien au rosaire inquiet de la mer dans une nuit d'avril, et le marquis à un ver, à une nullité, sinon à l'autre face, celle qui est encore à l'état gazeux, de l'Univers, l'incroyable dédicace finissait, qui portait, comme nous l'avons dit, la simple date de « Siècle Actuel ».

En bas de page, comme oubliée, et faisant un contraste dont le comte, dans un premier temps, ne perçut pas l'intensité dramatique, il y avait une petite lettre de Mme Hamilton, qui disait, dans un style tout à fait banal et affligé, vraie petite lettre de mère à son fils oublieux, n'avoir point de ses nouvelles ni de la chère Perdita depuis novembre ; elle lui rappelait que le repas de la *menina* était composé de fruits et de lait, qu'il fallait dûment distribuer au cours de la journée, mais qu'un peu de noisettes, bien grillées, ne gâtait rien. Elle l'informait que la sentence du tribunal de Caracas avait été contraire à leurs « vœux », et que donc, malgré l'intercession de l'Archevêque, on devait considérer non seulement le domaine de Tortuga, mais Ocaña même, dernier bien des Segovia, comme perdus ; et qu'il dît à Hipolito de tenir prêts les actes de propriété qui se trouvaient dans le troisième tiroir à gauche dans l'armoire, car l'agent d'une société immobilière de Lisbonne viendrait voir l'île. Que son père, don Gonzalo, avait eu une autre et plus grave crise d'asthme, et faisait le diable à quatre pour être transféré, après la conclusion de cette triste histoire, à La Havane. Que là-bas, ils espéraient même pouvoir l'embrasser bien vite de nouveau, et ses frères avec lui, et que, dans tous les cas, ils s'en remettaient au Seigneur, Lequel, s'il avait voulu momentanément élever les Hopins, en foulant aux pieds leur dignité, ne laissait pas pour autant

45

présager – et en cela elle était de l'avis de l'Archevêque – qu'Il les effacerait à jamais de Sa mémoire. Deux versets de la Bible, pleins d'une déchirante patience et d'un espoir résigné : « Le Seigneur est la part de mon héritage et de mon calice. – C'est toi qui me restitues mon héritage », concluaient l'humble lettre, et certains petits ronds jaunis portaient témoignage que la noble dame, tout en écrivant, avait dit moins que ne réclamait sa mélancolie.

Bien que l'imagination du comte ne fût pas de celles qui volent, au contraire, et qu'il ne parvînt pas à voir les faits autrement qu'en ordre numérique, et que lui fît défaut, comme à bon nombre de Lombards, le don de la synthèse ; en cet instant, pourtant, et pour la première fois dans sa vie, il lui sembla appréhender plus de choses que les événements jaloux n'en voulaient manifester. Rapprochant cette dédicace, et la lettre jointe, du silence et même de la dévastation de la maison, de la petite propriété et maintenant du bureau d'Ilario aussi, il comprit ou crut comprendre que tout ce qu'il avait pensé jusqu'ici du marquis et de ses frères, et de leur cruauté en général, était à mettre sur le compte d'une vision encore grossière de son esprit. Et que, à part les demi-frères, que du reste il ne connaissait pas, s'il y avait au monde un être bon et faible, tendre et malchanceux en égale épouvantable mesure, celui-là se trouvait bien devant lui. Et s'il était devenu fou, la cause en revenait précisément à cette faiblesse et bonté, imagination et absence de sens pratique, qui le désarmaient. Il n'était pas difficile de conclure, pensa-t-il – tandis que le marquis, occupé sous sa table à ramasser des plumes métalliques qui avaient glissé d'une petite boîte, soufflait de toute sa désolation – il n'était pas difficile de conclure qu'une fois disparus soudainement ses géniteurs (dans quelque catastrophe de la circulation automobile ou aérienne, ou à cause d'un mal né de l'angoisse) de La Havane, s'ils y étaient jamais arrivés, ou de ce monde en général, la propriété de Tortuga avait été confisquée par ces Hopins, et invendue par contre, ou menacée d'hypothèques et autres ennuis, ou sauvée in extremis par cet archevêque mentionné dans la lettre, Ocaña; en tout cas, ils étaient contraints, les Guzman, s'ils voulaient sauver ces quelques pierres, à ne plus se faire voir sur le continent, et à espérer que le ciel avait fait perdre les traces de leur rocher à l'agent de Lisbonne, ou touché le cœur des Hopins au point qu'ils les oubliassent. La folie, pour le marquis, avait précisément mûri dans ce climat de peur et d'isolement, mais, ainsi qu'il apparaissait à la lecture de la lettre, elle datait d'avant, de l'époque où il avait pris la petite guenon, que madame sa mère lui avait confiée, pour une mignonne et sublime dame. Probablement, la guenon était morte, ou les Avaredo l'avaient vendue sur la côte; et de son fantastique engouement, il n'était resté qu'un dégoût vague et distrait pour les créatures inférieures en général, qui malheureusement s'était reporté sur l'Iguane. Probablement, comme dans la majorité de ces cas, les troubles étaient-ils apparus en concomitance avec l'âge difficile, avec le passage de l'enfant à l'homme, ou à l'aspirant jeune homme. Une névrose comme une autre, tout compte fait, qui eût demandé, pour guérir, une réelle entrée dans le monde, la proximité d'un ami, d'aimables femmes, et certaines discussions politiques, sans parler d'un peu d'argent. Ces choses, le comte en avait les preuves, opéraient des miracles, et il ne désespérait donc pas de soustraire don Ilario à une complète dévastation. Alors, donnant à son beau visage à la fois sérieux et riant un air de respectueuse attention, et levant les yeux de ces pages sur le visage du marquis, lequel ne détachait pas les siens, follement brillants, de lui, il dit que cette lecture semblait très intéressante et qu'il emporterait, s'il n'avait rien contre, les deux manuscrits dans sa chambre. Ensuite, montrant qu'il voulait s'intéresser plus vivement à la primitive édition maison, il se baissa à côté de la table et, quand il eut trouvé par terre un deuxième exemplaire de *Portugal*, sans dédicace, il l'échangea promptement avec le sien. Ilario paraissait si heureux, tout à coup, si oublieux de ses passions, si reconnaissant au comte de sa bonté, que le trouble initial de Daddo, encore qu'incomplètement vaincu, passa; et, tous les deux, ils se mirent ensemble à parler de Milan, et de la possibilité que des petits ouvrages de ce genre (à condition que don Ilario se fût persuadé d'oublier un moment sa position dans l'Univers) avaient de rencontrer les faveurs d'un large public, avide de nouveauté, point trop exigeant peut-être, et donc prodigue de ses récentes richesses.

« Je ne sais pas... je te laisse faire... vois donc un peu toi... Moi, en tout cas, j'ai écrit ces œuvrettes quand je n'avais encore que onze ans... et je ne les ai jamais terminées », disait don Ilario, un peu honteux de son nouvel état d'âme devant la perspective d'un investissement non seulement social mais économique de ses propres pensées; et confiant dans la sensibilité de son ami afin que son consentement ne donnât pas lieu à un vrai malentendu, là où la motivation était (dit-il) surtout sentimentale. Et il semblait lui-même surpris de sa docilité; et aussi de n'avoir soudain, pour la dédicace du 37 octobre, siècle actuel, pas plus de gêne que de mémoire.

VI

LES PIERRES

A la lumière des chandelles. La nature en alarme

Une fois que le comte se fut retiré dans sa chambre, comme un rien le soir tomba et il ne se sentait pas tranquille. Il feuilletait l'une après l'autre les pages de *Portugal* et de *Penosa,* mais sans les comprendre, et voulait attribuer cette difficulté tantôt à sa connaissance peu raffinée de la langue, tantôt à la maigre lumière de la pièce, se refusant dans son cœur d'ami à admettre que ce monde n'était rien d'autre que l'écho douloureux de poèmes bien plus grands, et célèbres à juste titre, dont le marquis devait s'être nourri depuis son enfance. Et tous ensemble, d'accord avec ce sang exténué qui circulait dans ses veines, ils avaient déposé dans son âme cette déconcertante exaltation. Tantôt il parlait de couchers de soleil « adamites », tantôt de goélettes abîmées, tantôt de la lutte de deux archanges semblables à des coqs furibonds, sous l'ombre d'un cactus, au premier soleil. Tantôt il voyait des fillettes aux joues de pêche et à l'âme « adamantine », habillées comme des nuages, danser dans un verre. Tantôt il entendait de très suaves voix et voyait des yeux verts sortir des profondeurs du canal de Yucatan et l'inviter vers des « paradis de pleurs », et autres ambiguïtés de la même eau.

49

Peut-être y avait-il aussi du bon, et qui sait si après tout il ne s'agissait pas de symbolisme, d'un masque sibyllin autant que verbeux pour dénoncer le fameux problème de l'oppression. Tout était possible. En tout cas, il n'appartenait de décider ni à lui ni à Adelchi, et sans doute pas même aux critiques : dans l'état où ils étaient, absolument incompréhensibles, les deux poèmes semblaient faits exprès pour provoquer cette perplexité et cet ennui qui sont des garanties certaines de vente. (Telle était, cher Lecteur, comme tu vois, la mentalité de Daddo, qui des livres ne comprenait rien ou presque, comme le voulait le siècle, et il n'en allait donc pas entièrement de sa faute.)

Ce n'est pas pour cela qu'il n'était pas tranquille, ni pour la santé de son ami, que, à n'en pas douter, le succès même et un peu d'argent rétabliraient promptement ; mais plutôt pour un certain aspect du ciel, qui rechargeait, pour ainsi dire, cette sinistre pesanteur, cette langueur lividorée du matin. La mer, qu'on apercevait par la fenêtre décrépie, avait l'air d'une immense route de pierraille brune, sur laquelle se serait levée d'un côté, immobile, une tenture de velours gris. Une fumée diffuse qui sourdait certainement de ce brouillard vaporeux montant des chênes, ou du printemps lui-même, paraissait envelopper le monde. Tout était muet et calme, mais avec un je ne sais quoi de déchirant, comme si dans un coin de ce décor quelqu'un allait répétant sur un ukulēlē une phrase musicale des plus douces. Un instant, il entendit aussi les coups d'une houe, peut-être les frères Avaredo occupés aux soins du potager ; puis le cri d'un oiseau océanique, un cri nasal, et comme inquiet, qui le fit tressaillir ; et puis après, le silence fut tel qu'il dut par force se rappeler l'Iguane, et se demander où l'effrayante et infantile créature s'était fourrée. Et à cette interrogation succéda un sentiment dénué de bonté, comme s'il y avait de la méchanceté dans le monde, comme s'il y avait dans l'air

50

quelque chose de contraire au bonheur et au bien, et dont Estrellita elle-même, dans sa stupidité, ressentait cependant la terreur. Il était allongé, et il se dressa sur son séant; il mit de côté les deux petits poèmes, et regarda autour de lui.

Sa pièce, comme toutes les autres, était très pauvrement meublée, pour ne pas dire qu'elle cachait une totale absence d'ameublement à l'aide d'installations de fortune et de quelques objets abîmés. Ici, un gros sac de feuillage sur deux planches posées à leur tour sur de grossiers tabourets, et une couverture, pas vraiment blanche et tout effilochée, tenaient lieu de lit. Il y avait, en outre, une table branlante, une bassine pour se laver, et une immense armoire. Or, soit qu'une porte de cette armoire, en forme de lyre, lui apparût à peine ouverte, ce qu'il ne se rappelait pas avoir remarqué en entrant dans sa chambre, soit que le mutisme de l'heure rendît étrangement vivante toute chose, il éprouva une inquiétude, le comte, qui le fit se lever et aller droit sur cette armoire, qu'il ouvrit pour voir si elle ne contenait pas (désormais rien n'aurait pu l'étonner) quelque oiseau enchaîné ou un petit tigre en train de se peigner... mais il n'y avait rien de tout cela, et il en aurait presque souri si son cœur lourd le lui avait permis. Il y avait des robes et des manteaux vieillots, des amas un peu funèbres de tulle rose ou vert, frusques des Caraïbes, de Caracas, Riohacha et de terres encore plus à l'Occident, et... Ça, il ne s'y attendait pas! Il y avait, au milieu de ces toilettes bruissantes et resplendissantes comme des plumages d'oiseaux du passé, un bras de bois, deux! Le sommet d'une échelle! Une trappe!

Il se pencha, après s'être prudemment introduit dans l'armoire qui pouvait, d'ailleurs, quant à sa profondeur, contenir une pièce entière, et, en bas, il ne vit pas la moindre lumière, ni ne lui parvint le plus faible bruit. Se rappelant que sa chambre était située derrière la cuisine, séparée de celle-ci par un simple couloir, et que sous la cuisine s'ouvrait le local où avait disparu Estrellita, il en déduisit, ahuri par ces complications architectoniques dont il ne se serait jamais entaché pour sa part, que sous sa chambre s'étendait celle de la domestique : non que cela lui déplût, mais il était irrité par la mentalité romanesque et même plutôt trouble de l'architecte, qui avait senti la nécessité d'enterrer vivante une créature quelle qu'elle fût. Mais probablement, se dit-il, le local devait avoir une fenêtre à fleur de terre, qui maintenant était fermée : peut-être la bête, à cause de sa grande fatigue ou de ses larmes, s'était-elle endormie.

Ces raisonnements qui, par la force des choses, prennent, à les raconter, un certain temps, Aleardo les fit à la vitesse du rêve, et tandis qu'il les faisait il était déjà sur l'échelle. Une lampe à pile, qu'il avait prise le matin à bord de la *Luisa*, envoyait devant lui une lumière sautillante... une lumière qui paraissait embarrassée et désireuse de se retirer, de demander protection à son propriétaire.

Il n'avait jamais vu, le comte, pas même en visitant certains sous-sols de Milan, des cavernes de ce genre. Se présentait à lui une sorte de tanière creusée par les renards, qui finissait en un coin très étroit, et dans ce coin était écrasé un lit, si l'on peut ainsi qualifier un tas de sacs sales, avec une bande de toile dessus. C'était là l'endroit où dormait la petite servante, dans des ténèbres absolues. Plus loin, où le local s'élargissait, une caisse de bouteilles vides contenait, dans un recoin, une boîte de carton : dedans, bien disposés, se trouvaient quelques foulards et, dans un papier de soie, avec quelques petites pierres colorées, l'écharpe que l'Iguane avait reçue en cadeau des mains du comte. Le soin qu'on avait mis à la plier, comme si l'on ne devait plus y toucher, fut très parlant pour le comte, alors qu'il ne comprenait pas ce que pouvaient signifier ces cailloux, sinon quelque chose de très cher au pauvre petit animal. En promenant encore l'aile blanche de sa rétive lanterne, d'autres objets, ou symboles d'objets, sortirent des ténèbres : un journal, par exemple, étendu par terre, et assez propre, bien que la date en fût très reculée (avec des nouvelles d'une *revolução* au Mexique), faisait fonction de table, présentant, bien rangés : un petit morceau de miroir, une soucoupe ébréchée mais propre, qui contenait quelques avelines à demi grillées, et... rien d'autre. Mais plus près, dans un renfoncement circulaire du mur, véritable ébauche de puits, on pouvait voir une série de sachets, chacun de différente grandeur, tels ceux que l'on utilise dans les banques pour y mettre de l'argent, et chacun lié d'un bout de ficelle. Le comte allait s'approcher, pour voir ce qu'ils contenaient, lorsqu'un petit bruit venant d'en haut lui conseilla d'éteindre immédiatement sa pile. La bête, ignorante de sa présence, rentrait par la trappe de la cuisine... Peu après, il entendit ses petits pas en même temps qu'il vit, sans qu'on le vît, grâce au jour de souffrance que le soir laissait à présent entrer par la cuisine, la chose suivante.

L'Iguane, munie, à l'instar des bambins sur les plages, d'une pelle et d'un seau minuscules, se dirigea, sans même ôter son foulard de sa tête, vers l'endroit où se trouvaient les sachets, et là elle en ouvrit un en manière de contrôle, et le comte vit qu'il renfermait des pierres plates et arrondies, toutes de la même grandeur. Elle les regarda moins avec avidité, qu'avec une sorte d'inquiétude, comme si elle pensait à la façon la plus idoine de les protéger, de les garder, vu que ce devait être là toute sa richesse, et en même temps elle scrutait autour d'elle en quête de quelque chose... Ensuite, après avoir pris dans sa resserre un autre morceau de papier et une ficelle, elle renversa le contenu du seau sur le papier, d'autres pierres encore, beaucoup plus grosses, et, tout en versant, de ces petits yeux sortait un pleur sec et terrible dans son silence même. Elle resta à regarder ces pierres, un instant, comme si les biens de la terre ne lui importaient en rien, avec son museau qui était devenu de pierre lui aussi. Ensuite elle se pencha et recueillit tous ces cailloux en vrac dans la feuille de papier, qu'elle ficela et reficela. Elle creusa en hâte une petite fosse, et là-dedans se mit à cacher soigneusement le tout.

A Milan, le comte avait vu faire trop souvent cette opération pour ne pas s'apercevoir que ces rouleaux étaient, pour la malheureuse servante, de l'argent, ou qu'on les lui avait donnés comme tels et qu'ainsi elle les considérait. Et, se rappelant les paroles de Felipe, à table, sur les prétentions de la petite servante, il se rendit compte que telle était la monnaie qu'on lui refilait. D'où, probablement, l'extrême mauvaise humeur de la bête, ses accès de nervosité. Toutefois, pensa-t-il, si elle était au courant de la valeur commerciale nulle de ces pierres, pourquoi donc les conservait-elle avec tant de soin ? Il se convainquit que la créature ignorait le leurre dont elle était le jouet, et il lui sembla que, de la part des Guzman, ce n'était pas bien beau. Mais la misère, le besoin, suggère cela et pire encore ; sans compter que, vu son état mental, le marquis ignorait sûrement ces faits. Cependant, tôt ou tard, il faudrait lui en parler.

A présent, Daddo aurait voulu s'en aller, pour ne pas effrayer la créature, mais il ne savait comment faire. Et voilà qu'en haut se mirent à résonner d'autres pas, humains et forts, cette fois, et sitôt après la voix de Felipe cria :

« Iguane, où es-tu ?

— Je suis ici, o senhor! je viens tout de suite, o senhor!, fut sa réponse empressée.

— Sers le dîner, il se fait tard. Et puis retourne aussitôt dans le poulailler. »

Le comte entendit les durs pas qui s'éloignaient; il

attendit que la créature aussi, qui, un certain temps, parut ne plus vivre, sortît, et puis il remonta. Le ciel apparaissait désormais tout gris, comme si c'était l'aube, et la maison semblait morte. Peu après, comme le matin déjà, quelqu'un toqua à sa porte. Et c'était le signe qu'on l'attendait dans la salle. Il s'y rendit.

La table était dressée comme à midi, mais, maintenant, éclairée par deux bougies. Y figuraient quelques bouteilles que le comte avait prélevées à bord de la *Luisa*, et une tarte, préparée elle aussi par Felipe, avec les ingrédients suivants : blé bouilli, œufs et, dessus, des bandes de pâte grillée qui, par leur forme – une série de croisettes piquées de grains de poivre –, devaient rappeler aux commensaux le mystère de la Passion et de la Mort de Dieu. Oignons et radis, assaisonnés avec du vinaigre seulement, remplaçaient la soupe.

Bien que la lumière ne fût pas très haute, elle était, comme toujours la lumière des chandelles, et en l'absence presque absolue de courants d'air ou de vents coulis (l'air, au contraire, ne semblait pas même circuler), assez vive, et son chaud rougeoiement, en parcourant le visage de ces trois hommes, permettait au comte de deviner, où il n'y avait qu'immobilité, un semblant d'animation, encore qu'elle fût imperceptible; comme si (hypothèse absurde), pendant l'après-midi qu'il avait passé dans une tristesse hébétée, des faits secrets avaient conseillé à cette même tristesse de s'éloigner de l'âme des Guzman. Or, comme le comte savait par expérience que la règle de l'espérance est de ne pas faire un pas sans sa sœur tristesse, il en déduisit que la seconde l'ayant visité, et se trouvant encore avec lui, l'autre disait de bonnes paroles à ses hôtes; et, bien volontiers, pour l'amour de ces malheureux, il acceptait, lui, de s'entretenir avec celle-ci. État d'âme qui bien vite s'expliqua par l'injuste supposition que, en traitant l'Iguane de cette façon, ces hommes étaient contents et en revanche pas du tout portés à ce faire par misère ou humeur noire. Maintenant, en voyant combien un brin de vitalité embellissait, et même rajeunissait leurs figures allongées, il fut encore plus conforté dans son opinion première, à savoir que la seule pauvreté et son contrecoup de douleur étaient la cause de cette dureté et cruauté envers l'Iguane, et il se résolut à bien songer, pendant la soirée, à la manière de dénouer par quelques propositions une situation si empoisonnée.

En attendant, à plusieurs reprises il avait aperçu dans les yeux enfoncés des deux Avaredo je ne sais quel éclair d'entente, qu'il attribua même à certaine inintelligente considération sur son habillement, qui, à ces hommes farouches, devait apparaître bizarre sinon ridicule, quand justement le comte eût été en droit de leur rétorquer des appréciations de ce genre. Mais ensuite, à la manière dont ils fixèrent plusieurs fois une bague que le comte portait au doigt, et à son poignet sa montre parsemée de menus brillants et surmontée d'une petite coupole de saphir, il fut troublé par une pensée pire encore, qui aussitôt, heureusement, s'évanouit. Et précisément quand ils lui demandèrent si sa montre était bien réglée, et quelle heure elle indiquait.

« Huit heures », répondit le comte.

Alors, ils échangèrent quelques mots brefs en un portugais si barbare que le comte ne saisit rien d'autre – mais cela avait été dit comme fortuitement, sans y accorder aucune importance – qu'à cette heure *la marée était déjà haute.*

Bien qu'ils n'ajoutassent rien, l'animation des visages parut se fixer en une plus cordiale tranquillité, un sentiment de sérénité que n'ignorent pas même les âmes les plus sombres, quand alentour règne la paix, comme c'était en effet le cas à cette heure dans l'île, sauf – mais peut-être son esprit excité les lui faisait-il entendre – de vagues cris ininterrompus de poules.

Pendant ce temps, le marquis demandait au comte Aleardo s'il avait jeté un coup d'œil aux petits poèmes, ce qu'il en pensait et s'ils pouvaient intéresser Milan.

« Certainement, mon cher. D'après ce que j'ai pu voir, c'est une poésie qui renoue directement avec la douloureuse tradition. Ce n'est pas précisément ce qui marche, aujourd'hui, à Milan comme à Londres, mais des connaisseurs il y en a toujours, qui savent apprécier le genre ancien. Sans dire que, bien lancés, même les ouvrages traditionnels marchent à merveille.

– Mais peut-il exister un art, demanda le marquis en hésitant, hors de la tradition ? C'est ce que tu affirmes, si j'ai bien compris ?

– Tu n'as pas tort, répondit le comte. Ça ne devrait pas exister, dans la mesure où l'art ne vit pas hors de la vie, qui, si elle n'est pas la tradition d'hier, est cependant celle de demain; mais parfois on fabrique de l'art sans vie, c'est-à-dire sans nécessité; et cela, quand la machinerie de l'industrie culturelle tourne toute seule...

– Dans quel but ? » demanda le marquis.

Le comte ne savait que dire, sur le moment, car il lui semblait que la description des faits, dans leur réalité, aurait déçu le jeune homme, le confirmant dans le bien-fondé de sa détermination à rester à l'écart. Ce qui n'était pas, absolument pas bien.

« Dans le but, répondit-il donc, d'encourager la production, le mouvement des intelligences, qui, petit à petit, dépasseront ainsi d'infinis conflits idéologico-spirituels.

– Le sens de tout cela, commenta le marquis après une pause pensive, est certainement, je m'en rends compte, l'amour pour la vie, pour l'espérance. Ah, que c'est beau tout ça, mon cher Daddo. Alors, dans votre type de société, les jeunes ne sont plus isolés ?

– Pas complètement.

– J'ai entendu parler de réalisme. Qu'est-ce que c'est ?

– Ce devrait être, répondit le comte un peu embarrassé, un art d'éclairer le réel. Malheureusement, on ne tient pas compte du fait que le réel est à plusieurs strates, et que la Création entière, quand on est arrivé à analyser jusqu'à la dernière strate, n'apparaît nullement comme réelle mais comme pure et profonde imagination.

– C'est bien ce que j'avais soupçonné, dans ma solitude ! s'exclama le jeune homme, avec une expression de joie qui produisit sur le comte un étrange effet, presque de compassion, bien qu'il fût en mesure de comprendre. – Et le résultat – n'est-ce pas, Daddo ? – peut en être un dépassement des anciennes conceptions de nature et esprit, imaginaire et réel, n'est-ce pas ?

– Certainement. »

Le marquis, poussant un soupir, dit :

« A quel point on peut se désespérer dans la solitude, c'est indicible ! Jusqu'à la folie. Et tout ça, parce que l'âme perçoit le passage du temps, perçoit – en quelque sorte – la pendule de l'éternel... mais ça, dans les îles, cher Daddo, on le prend pour idiotie ou obsession. Ainsi, en un certain sens, j'étais dans le vrai quand j'imaginais que la nature n'est pas du tout aussi impassible », et la référence à ses frères était claire, « qu'on veut bien le dire et le croire. Non, elle n'est pas du tout tranquille, la nature ; comme une mère dont le fils, poussé par la nécessité, s'apprête à la quitter, elle se tourmente dans les ténèbres... elle est en alarme, et son oreille est collée à toute saillie de l'air... Et combien d'étranges bruits, que nous pensons dus au craquement d'une branche, à la chute d'une feuille ingénue sur le bord de la fenêtre, ne sont rien d'autre que sa manière à elle de

58

gratter à la porte de nos raisonnements fermés, pour qu'on ne l'abandonne pas... vu qu'il sera difficile, pour elle, de vivre sans nous ».

Une des deux bougies, à un brusque mouvement de Felipe pour prendre la bouteille de vin, tomba, s'éteignit, et le comte ne fut pas averti de la violente émotion qui envahissait, après ces paroles, le visage des commensaux. C'était une pure éclosion d'amour et de terreur chez le marquis, c'était une sorte d'abattement, presque une grimace de compréhension, sur le visage des frères. Lui, le comte, remarqua seulement, et non sans joie, que du cœur de ses hôtes ne s'était pas exilée, et à jamais, la capacité de nourrir de tendres affections, fût-ce pour une feuille ou un arbre. Et, tendant, comme au matin, sa main droite pour prendre celle du jeune homme :

« Rien, mon cher, ne nous oblige à quitter cette nature qui n'est pas la nature, mais une partie de nous, lui dit-il. D'ailleurs, réjouis-toi : elle se suffit bien assez à elle-même. Ainsi le voulut Dieu en la créant : et il savait qu'un jour ou l'autre l'homme la quitterait, et qu'elle devrait vivre seule. »

Et là, pour confirmer sa croyance, il parla d'un plant de roses : par une distraction qui, après, l'avait fait pleurer, il l'avait laissé sans une goutte d'eau dans sa maison de Bellagio : à son retour, le plant s'était changé en tournesol. La nature elle-même, dans son infinie amabilité, avait pourvu à la métamorphose, car l'on sait que les Composées n'ont heureusement besoin que de très peu d'eau.

« Toi, tu es bon, Daddo! » s'exclama le jeune homme, en levant vers lui un visage presque noyé de larmes et cependant illuminé d'un radieux sourire. « Ah! qu'il en soit ainsi! Quant à moi, crois-le bien, je deviendrais fou de joie si je savais qu'elle n'a pas besoin de nous. »

Comme son propos, à cause de ces larmes aussi, touchait des pointes d'une peu naturelle désespérance, il voulut en donner la raison en racontant comment, depuis quelque temps, pris par son travail littéraire, il avait un peu abandonné à elle-même la chère Ocaña. Du reste, de l'eau il n'y en avait presque pas, elle était en général battue de tous côtés par les vents, et la mer, pas toujours aussi calme que ces jours-ci, décourageait d'entreprendre les travaux nécessaires. Sans compter qu'il manquait dans l'île tous les outils nécessaires à un travail rationnel des champs, et, franchement, il ne se sentait pas de taille à épauler ses frères dans cette situation désespérée.

« Si ce n'est que ça, mon cher », répondit le comte après un remerciement adressé au Ciel pour l'avoir empêché, jusqu'à cette heure, de formuler une allusion à une vente possible d'Ocaña, « permets-moi d'y penser, et de faire personnellement le nécessaire, à peine je serai rentré à Milan. Je t'enverrai de là-bas tout ce qu'il te faut.

– Toi... Tu ferais ça, Daddo?

– Si tes frères le permettent.

– *O senhor* comte se donne trop de peine... et ne doit pas parler de la sorte », intervinrent les deux frères Avaredo d'une seule voix débonnaire, que pourtant leur regard narquois contredisait. Quant au marquis, de nouveau cette joie, ce ravissement, après s'être posés un instant sur son visage, se retirèrent comme des ailes de printemps terrifiées par un gel soudain, et de nouveau ce visage était perdu derrière un voile de fausseté, d'où sortirent des balbutiements comme :

« Merci... merci... Mais, je ne sais pas... Il est tard, maintenant, très tard, je crains... »

Soit parce que derechef, et assez clairement, on entendait le vacarme des poules, soit parce que sur la face des Avaredo se dessinait alors, à cette plainte du lettré, une expression d'agacement, et que réapparaissait le mutisme renfrogné de l'après-midi, il se forma dans la conversation un vide plutôt malheureux, et le comte eut tout le loisir de penser, tandis que se voilait son visage ouvert, que délicatesse et respect ne l'avaient évidemment pas assisté, et que la sensibilité exaspérée de ces êtres avait été certainement blessée par une de ces *gaffes* * cruelles, de celles dont les Lombards, dans leur rusticité, sont coutumiers. Et, baissant la tête, il ajoutait en un murmure plein de lassitude :

« Nnnon tu ne devrais... me remercier... rien. A tes ouvrages... toi certes, à-à-à tttes ou-ou-ouvrages... ne... pen-sé. »

Ce bégaiement, qui, dans le langage lisse et calme du comte, ne se manifestait que rarement (après une enfance où, à la vérité, il en avait été affecté), était un des rares signes, avec son front sillonné lentement de rides et son regard qui se figeait, de la désolation où se trouvait son âme ; et cette désolation, dans sa bonté, survenait seulement lorsqu'il était sûr d'avoir offensé quelque être, animal ou homme. Alors, ce visage si gai perdait tout son bonheur, et même le cœur le plus aride était tenté de lui dire des paroles de réconfort.

Chose à laquelle aussitôt, en vérité, ne manqua pas don Ilario, malgré le désarroi dont il était encore la proie.

« Daddo, écoute... Ce n'est pas par orgueil, mais je dois refuser ton aide. Si le terrain pouvait rendre, je serais toujours en mesure, par la suite, de régler ma dette... Ce n'est pas par orgueil...

– Pour quoi, donc ?...

– Je vais te le dire... » murmura Ilario, sans rien ajouter d'ailleurs. Et il fixait d'un regard intense, comme s'il le voyait pour la première fois, son ami. Et dans cet examen, il

* En français dans le texte. *(N.d.T.)*

61

n'avait pas l'air d'être trop présent à soi-même. Ce qui échappa au Lombard.

« Mais... l'argent... qu'en ferais-tu, alors, de l'argent gagné avec tes poésies ? » insista le comte, tandis que, ragaillardi, de toute son âme il décidait que la production surannée du jeune homme devait se traduire en argent, au plus tôt, quitte à ce qu'il fonde lui-même, à peine revenu à Milan, une nouvelle maison d'édition. « Il ne s'agira pas d'une bagatelle... », conclut-il.

Le front du marquis était redevenu soucieux.

« Tu crois... Ce n'est pas, de ta part, façon de m'encourager ?... Vraiment ?

– Vraiment... On peut gagner largement... Je te l'ai déjà dit... »

Et puisque c'était vrai, de quelque façon que cela se produisît, et que cela signifiait la renaissance d'Ilario, il n'en avait pas honte.

« Eh bien... je donnerais tout le produit de la vente au Cirque Cole de Londres », fut la réponse inattendue.

Tandis que les Avaredo, avec cette calme indifférence, ce sourire complice dont ils étaient coutumiers chaque fois qu'ils reprenaient les propos de leur cadet, expliquaient que le Cirque Cole avait été cher à la défunte marquise, et que maintenant, en nette décadence à cause du vieillissement des esprits victimes de l'industrie, il connaissait de graves difficultés financières, et s'apprêtait à plier à jamais son chapiteau, une sinistre douceur était descendue sur le visage du marquis, semblable à ces nues qui, après une longue journée incertaine, tombent et cernent définitivement le soleil, de façon que sa face déchirée récupère, au moins dans l'imminence du couchant, une apparence de résignation. Mais le comte, qui sait pourquoi, ne suivait plus ces infantiles explications, alors que son esprit semblait au contraire, comme il lui arrivait souvent, revenu à un autre point de la conversation. Il se rappelait comment Ilario s'était illuminé lorsqu'il avait touché un mot d'un possible regain agricole de l'île, mais en exprimant sitôt après des doutes et une confusion incroyables, et refusant toute aide. Pourquoi?

« Le Cirque Cole... pourquoi? » fit-il dans un murmure.

Et il ne lui parvint – sans doute parce que ce murmure ne fut pas entendu – aucune réponse.

Contrarié par ces détails, qui renversaient de nouveau la situation, dans cette montre d'un fond de désespoir sans issue, ou auquel, peut-être, on ne voulait pas trouver d'issue, le comte céda un moment à ces préoccupations, cette hostilité peut-être, qui l'avaient dominé peu auparavant dans sa visite à la cave. Et franchement, il reconnut que la dignité nobiliaire et la rêverie poétique même, ou droit à l'angoisse, étaient une chose, et le devoir de porter assistance aux subordonnés, en particulier quand ce sont des enfants ou des animaux, faibles êtres dépourvus de toute force et manquant de protection, une autre. Alors qu'ainsi, tout à fait involontairement, et seulement par la force de la logique, il arrêtait que l'incurie du marquis était illicite, déjà son cœur d'ami se hâtait de s'imposer patience, de supposer des explications qui, se présentant demain, le réhabiliteraient. Mais cela ne lui coûtait pas un mince effort, à quoi on doit ajouter, résultat de la journée variée et riche, une sensation de sommeil.

Le cri des poules, dans la nuit tranquille, se fit entendre de nouveau, ainsi que des créatures tourmentées dans leur paix par un élément étranger, et le comte, se rappelant que l'Iguane, s'il s'en tenait à ce qu'avait dit Felipe, devait se trouver à cette heure au poulailler (pour prolonger, la nuit, ses services de bonne si mal payée, ou simplement pour quelque punition qu'elle avait méritée, cela, il l'ignorait), en déduisit que la malheureuse petite créature réagissait, probablement, comme tous les opprimés, en tourmentant quelqu'un d'autre. Et il décida que, le lendemain, il demanderait à tout prix au marquis de lui laisser emmener sa servante à Milan, où quelque institut religieux prendrait soin de sa rééducation, et où il irait souvent la trouver. Et puis, en voyage ou les dimanches au parloir, il pourrait la questionner, et mieux comprendre, d'après les propos de l'Iguanette, le mal de don Ilario, et la façon de le guérir.

Et ce dernier, alors que Daddo ainsi pensait, le regardait de nouveau fixement, d'un regard triste, comme en rêve, et dit :

« Si tu as sommeil, Daddo, ne te gêne pas, je t'en prie. A présent, chacun va se retirer dans sa chambre. La nuit, ici, n'est pas courte.

– *Porqué a lua está calando* », glapit la voix d'Hipolito, pleine d'une raillerie qui, dans sa nouvelle mélancolie, n'atteignit pas du tout l'âme du comte.

Sans faire voir qu'il avait entendu, le marquis prit sur la table la bougie qui était tombée, et qu'on avait rallumée, et, en silence, sans prêter attention à ses frères, dont le regard étincelant de leur longue face les suivit, dans la pénombre croissante, tel un aimant, il accompagna le voyageur jusqu'au seuil de sa chambre, lui souhaitant la bonne nuit. Là, les deux jeunes hommes se serrèrent la main avec un sourire, mais le comte, quand la porte de sa chambre se fut refermée, savait déjà que, pour cette nuit, il pouvait dire adieu au sommeil.

VII

LE CHAPEAU
DE PLUMES ÉCARLATES

Une lente rougeur. Au poulailler!

En effet, resté seul, il ne pensa pas à se déshabiller, mais il s'assit sur le lit en regardant dans le noir (le marquis avait repris la bougie) la fenêtre grande ouverte. Depuis qu'il était enfant, à Bellagio, chez sa grand-mère, qui ne jouissait pas d'une renommée d'excessive libéralité quant à son train de maison, il n'avait jamais été plongé dans l'obscurité, la nuit, dans une pièce de cette sorte. Il n'éprouvait aucune amertume, qu'eût expliquée en particulier la misère de la maison, mais plutôt une mélancolie insolite, et dont la cause la plus directe était (voulut-il croire) la forte lumière de la lune. On aurait dit que l'Univers entier était en voyage. Le ciel, constellé d'une mer de boucles claires, presque des copeaux de papier, se remplissait, là en bas, d'une lumière paisible et chaude, telle une rougeur de joie, où l'on devait peut-être voir le signe de la marche lente de l'astre derrière un des sommets de l'île, mais pour le comte cela faisait l'effet de ce tumulte, de cette vivacité, de cette animation qui caractérisent une maison où l'on donne une réception ; ou bien comme quand quelqu'un arrive, quelqu'un de très cher, et repart, on ne sait pas. La lumière était partout, sans qu'elle se manifestât pourtant, et la vivacité et les cris, bien que dans un tendre silence. Et puis, à un endroit, juste dans un creux de cette colline qui, située derrière la maison mais se prolongeant sur le côté, était visible de la fenêtre du comte, on pouvait voir une lumière plus vive, un rouge presque d'incendie, qui confirma le comte dans son hypothèse, à savoir que l'aurore était proche de la lune, et lui fit relever la moquerie contenue dans les paroles d'Hipolito, à propos de la longueur de la nuit à Ocaña : « *Porqué a lua está calando* », mais il ne s'en plaignit pas.

Alors, pourquoi donc le marquis songeait-il à aider, s'il devenait riche un jour, le Cirque Cole de Londres, quand il y avait chez lui une créature qui ne bénéficiait, pour ses services, d'aucun droit, et même qu'on payait en pure pierre ?

Le comte, parcouru d'une lente rougeur dont l'avertit seulement une brûlure à l'oreille, fut encore pris du soupçon de faire fausse route. Éprouvant, comme toujours devant quelque difficulté ou douleur, l'impression que la cause première résidait dans certaine dureté de son propre esprit qui ne saisissait pas la réalité des choses, il sentit s'accentuer cette douce honte, ce vague mécontentement de soi, comme d'un cœur inutile, qui, à plusieurs reprises, en passant par les chemins du monde, l'avaient humilié, et il résolut donc, afin d'être plus simple et actif qu'il n'avait été jusqu'alors, de repousser les vaines argumentations, et de ne s'employer qu'à des œuvres d'assistance.

« L'Iguanette... parler... offrir... pour le rachat de tous... une bonne somme... les libérer tous... Et ça, pour commencer... », allait se disant lentement, un doigt sur le front, l'antique Lombard. Et sans s'en rendre compte, il s'était levé, et il faisait les cent pas à travers la chambre.

Il y avait, devant la fenêtre, une étroite terrasse, plutôt illogique dans la mesure où, pour y accéder, il fallait enjamber l'allège, chose que le comte fit instinctivement, attiré par un haut et grossier garde-fou, qui le mettait, pour ainsi dire, à l'abri des rayons de l'astre et de leur beauté inviolée, lui permettant de rester caché, comme son âme le désirait, et de participer en même temps aux sortilèges désarmés de la nuit. Une fois couché sous le mur, il vit qu'il ne pouvait songer à autre chose, son esprit suivant un cours tout à fait différent de celui qui l'avait animé peu auparavant, enquête et comptabilité. Il avait même l'impression d'être redevenu un enfant, une nuit d'été, dans sa Brianza natale, d'être presque un oiseau sans plumes, et qu'une voix bien connue, de quelqu'un penché à son oreille, et qu'il ne voyait pas, lui répétait affectueusement: « Raconte, allons Daddo, où as-tu été, toutes ces années, allons raconte... » Et elle insistait mystérieusement : « Sûr que tu as dû faire quelque chose de beau... je t'en prie!» Et lui, sans se retourner, comme si sa réponse lui paraissait indigente : « Des maisons, *o senhor*, des maisons!» Et, à ce moment-là, il lui semblait entendre rire doucement, et puis des pas nus qui s'éloignaient.

« Oui, je n'ai fait que construire... », pensa-t-il. Et, bien qu'en cela il n'y eût rien de mal, au contraire, dans l'ensemble c'était, à ses yeux, une futilité, une forme de vide, une perte, comme pour celui qui, ayant reçu une pièce de monnaie importante, ne l'utilise que pour acheter des babioles; et d'autre part, tous en usaient ainsi, qu'y avait-il de mal?... et il aurait voulu demander à cette voix ce qu'il aurait pu faire d'autre, mais pour une question aussi facile il ne trouvait pas une once d'intelligence. Il était si dénué de toute capacité à réagir, comme pressé, jusqu'à devenir une ombre, par le secret (qui à présent apparaissait douloureux, mais pas moins spirituel pour autant) de ce monde, qu'il ne fit d'abord pas grand cas d'une lumière qui s'alluma derrière le balcon voisin du sien. Mais après quelques instants, ces vitres s'ouvrirent, et don Ilario, un petit miroir entre les mains, se trouvait là dehors.

Le miroir, rectangulaire, était encadré de vieil or, ou de bronze, ou de quelque chose qui brillait, sur quoi avaient été sculptées des feuilles : un souvenir de Mme Hamilton, certainement ; et, tourné vers Aleardo, il permettait à celui-ci d'apercevoir, comme en un portrait magique, le visage du marquis, caché dans la réalité. Et c'était, en convint le comte, un visage d'une grâce et d'une luminosité merveilleuses. Les rides, et les tourments qui les avaient causées, complètement effacés, disparus. Lisse comme un camée, mais éclairé de rose sur les joues effilées, ce visage racontait seulement la jeunesse, la force, la gloire des dix-huit ans. Disparus aussi les haillonneux habits : le marquis portait un chapeau de velours bleu, orné d'une véritable cascade de plumes écarlates qui lui arrivaient jusqu'au cou, tandis que, sur ses épaules, une courte cape de satin noir ne cachait pas une radieuse blouse bariolée, dessinant les épaules droites, élégantes dans leur grande vigueur. Le reste de l'habit était noir, et une ceinture basse en argent, comme une chaîne, le serrait, montrant, sur la hanche, la poignée d'une arme précieuse, en argent elle aussi. Tels des saphirs à peine sertis dans l'albâtre du visage, ses yeux brillaient, presque jusqu'aux larmes, de fierté, de joie. Plus aucune trace de sa terrible vieillesse.

Heureux de se reconnaître ainsi changé, il donnait, de sa belle main, les dernières touches à son chapeau, penchant la tête dans toutes les directions, ainsi qu'un paradisiaque oiseau. Participant de toute son âme oppressée à cette apparition, et ne pouvant plus, à un certain point, se contraindre à ignorer la fête de son ami, le comte lui fit parvenir sa voix :

« Plus incliné sur la droite, mon cher », il faisait allusion au chapeau, « pour dégager le front ».

Don Ilario ne répondit pas tout de suite, comme il arrive dans les rêves, où parfois même s'écoulent deux ou trois ans; il parut plutôt que ce grand bonheur frissonnait dans le miroir, mais ensuite il s'exécuta.

« Tu sors ? demanda encore le comte.

– Oui, j'ai pensé que deux pas ne peuvent me faire de mal, répondit-il, d'autant que l'air est si doux.» Mais il ne donnait aucune justification à sa somptueuse transformation, ni à son habillement raffiné, à la jeunesse de son visage. Après un moment, il ajouta seulement :

« Selon toi, y a-t-il quelque chose qui puisse (je veux dire de façon particulière) porter offense à l'amour ?

– Rien, répondit le comte. Et même une plume qui, dans la réalité de l'aimé, se révèle placée de travers indique, aux yeux de l'amour, que tout ce qui n'est pas placé de travers est mal fait.»

Il esquissa un petit rire, et don Ilario rit lui aussi.

« Comme toutes nos journées, c'est-à-dire la vie, la sombre mer qui nous entoure change même de substance, dit-il, au point de se transformer, c'est le cas de le dire, en air trépidant. Et seulement parce que la pensée a entrevu la part manquante de soi, beauté ou monstre, n'importe. Oui, il y a du vrai dans ce que tu affirmais toi, il y a un instant, Daddo, sur l'inexistence d'une véritable ligne de démarcation entre réel et irréel. Chaque chose, fût-elle à peine pensée, est aussitôt réelle. Ce dont nous avons besoin, voilà ce qui est réel; et pour cela nous pouvons même mourir, ou permettre à d'autres de mourir. Notre mort, ou celle d'autrui, n'a plus d'importance.

– Il en va ainsi, en effet», admit le comte.

Et, ce disant, il lui sembla que la couleur de la nuit changeait. Pendant quelques instants, il ne prêta plus attention au marquis, sollicité qu'il était par une plus forte clarté qu'il voyait dans l'air s'engouffrer jusqu'à l'intérieur des plus petites nues, comme si des millions d'oiseaux carmin le sillonnaient; clarté qui venait, manifestement, du rouge. Tout le ciel d'Ocaña était en train de devenir rouge (sans pour autant perdre certaines blanches et opalines transparences), comme pour un second lever de la lune. Deux possibilités, pensa faiblement le comte : ou la première lune avait été une apparence, correspondant à un état d'égarement de sa part, tandis que celle-ci annonçait un retour de la confiance, de sa participation au monde, ou bien Ocaña avait deux lunes, chose vraiment absurde. Non, il se sentait mieux, tous se sentaient mieux, voilà tout. Et sa pensée revint à la sombre Estrellita. Pourquoi les poules ne criaient-elles plus?

Il entendit des pas, derrière le balcon d'Ilario; puis les Avaredo, eux aussi somptueusement vêtus, se montrèrent fugitivement dans l'embrasure.

« Tu vas te mettre en retard, Ilario, disait tout bas la voix d'Hipolito. Il dort, *le type*? ajouta-t-il.

– L'indiscrétion personnifiée », dit Felipe.

« Eh bien, je ne peux pas lui donner tort, admit le comte après un instant de défaillance. Je suis venu sur cette terre, sans être appelé, et voilà que tout se présente à moi dans une lumière éblouissante, même si la signification reste obscure. Ce dont ils m'accusent, c'est probablement de comprendre ces visions. Mais pas plus tard que demain, je repartirai, et j'oublierai tout. »

Il se plaignit, toutefois, que le jeune homme ne le saluât pas, comme s'il n'avait fait que rêver ces quelques mots échangés. Peu après, le groupe quitta le balcon, et la lumière de la chandelle s'éloigna de la pièce. Le comte, s'étant remis debout, se pencha par-dessus le garde-fou, et il regarda les chênes noirs profilés de blanc, le sable blanc, la mer noire. Puis, sur cette plage, se dessinèrent, fort élégantes et calmes, les silhouettes précédentes. Le beau groupe rejoignait l'extrémité de la plage et s'éloignait là où, à l'abri de la lune, la colline qui flanquait la maison tournait, au froid du nord, son front chauve, tranquille.

Dix minutes plus tard, c'est-à-dire le temps nécessaire pour s'allonger de nouveau, dans l'illusion du repos, et puis pour se relever encore, en se rendant compte que se reposer lui devenait impossible, le comte était convaincu d'avoir rêvé. Il avait vu, en effet, un jeune homme qui était l'image même du bonheur et de la gloire, choses dont Ilario (et c'est peut-être cela qui le lui avait rendu plus cher) paraissait ignorer jusqu'au nom. Où avaient été ces rebuts de désespoir, cette écume du néant ou de siècles de secrète décomposition, avait surgi un jeune homme élégant, ravi dans un nuage de paix et de rêverie, tel que seules la bienheureuse innocence, ou bien de vastes propriétés foncières, en somme la grâce de la nature jointe au pouvoir économique, le permettent. Quelque déplaisir qu'il en eût (et le troublaient aussi la docilité et l'impassibilité avec lesquelles il avait participé à ce cruel entretien), il était sûr d'avoir rêvé.

Il ferma les yeux, en soupirant, et les rouvrit encore, et il lui sembla, en les rouvrant, que la lumière du ciel était moins rouge, comme si la force des émotions universelles s'épuisait lentement, et que tout revenait à une certaine normalité. Alors, l'image du petit cortège en grande pompe se dirigeant jusqu'à la lisière de la colline, où la plage faisait un coude, se représenta à lui avec l'exactitude d'un négatif, avec une si sombre vérité qu'il se prit à murmurer « où ils vont... en allés... », dans une sorte de désolation. Il y avait, dans le soin avec lequel Ilario s'était habillé, dans la tranquillité insensée avec laquelle il avait ignoré sa surprise, et dans la somptueuse arrogance des frères, dans la manière dont ils s'étaient dirigés, ensuite, avec assurance, vers l'endroit où la plage mourait, un je ne sais quoi d'inquiétant, de triste, comme une représentation à laquelle eux les premiers ne pouvaient croire, et qui se prévalait, de toute façon, de sa complicité. Et se fit jour en lui, plus vive, l'idée d'une maladie du jeune homme, que les Avaredo, dans l'immense solitude où ils se trouvaient, auraient acceptée et favorisée avec une espèce de résignation. Et que pouvait-on faire d'autre dans cette aride circonscription ?

Désormais, le comte était réveillé et triste comme jamais dans sa vie. De tous les côtés, pour autant qu'elle pouvait lui apparaître au-delà de ce mur, l'île d'Ocaña était enveloppée d'une brume qui tirait sur le cuivre, effet de la lumière lunaire jointe à la basse pression atmosphérique. C'était l'étouffante canicule, et le lendemain il pleuvrait probablement. Dans le ciel, on ne voyait pas d'étoiles, mais seulement cette indéfinie et trouble luminosité purpurine, qu'on aurait pu comparer, si jamais il y avait eu des femmes sur l'île, ce qu'il était absurde de penser, à l'ample déploiement d'une robe de bal couleur pivoine. A l'intérieur de cette clarté, le comte voyait un morceau de l'île aride, l'arc de la plage, sur lequel la mer à peine bougeait, comme assoupie, envoyant seulement quelques sons extatiques, à quoi correspondait, par moments, une faible blancheur d'écume aussitôt disparue. On pouvait voir aussi des arbustes, scintillant et s'éteignant, à la clarté des nuages, et la *Luisa*, mais tous feux éteints, car bien sûr, à cette heure, Salvato dormait.

Soudain, obéissant à une inquiétude qui trouvait ses raisons les plus valables (quelques autres étaient moins claires) dans l'attitude malade de ces hommes, qui lui revenait nettement à l'esprit, à présent, et dans sa pitié jamais assoupie pour l'Iguane – à cette heure, il est probable qu'elle se trouvait seule avec ses peurs et ses pénibles soucis –, le comte, sans plus se préoccuper d'être vu ou entendu par ses hôtes, qui pouvaient rentrer à n'importe quel moment, grimpa sur le garde-fou, et, après s'être laissé glisser le long du muret, il fut à l'air libre.

A peine dehors, il reconnut qu'une lumière aussi chaude était rare, à Milan, même dans les nuits de juillet, encore que la justifiât du moins la basse position de la ville par rapport à l'horizon, chose qu'on ne pouvait dire d'Ocaña. Et c'était cette lumière, bien sûr, qui créait de telles magies, et l'avait poussé lui-même à affirmer que, par amour, on pouvait aller jusqu'à tuer, quand jamais, en réalité, il n'avait pensé qu'on pût, par amour, arriver à un autre résultat que la résurrection des morts. Mais il vivait, depuis qu'il avait échangé ces quelques propos sur le balcon, dans un état hypnotique à ne pouvoir plus prêter attention à des sensations ou des soupçons qui, en d'autres circonstances, l'eussent frappé et induit à en rechercher les causes. D'ailleurs, au matin, ou après un bon somme, tout cela prendrait probablement de justes proportions. Son devoir, maintenant (et cette pensée fut heureusement fort claire), était de chercher ce poulailler où l'Iguane se trouvait enfermée, et de glaner auprès de la créature, en prenant soin qu'elle ne s'effrayât point, des informations sur la maladie du marquis ou les symptômes par lesquels elle s'était manifestée, et de voir si, comme il le soupçonnait par intervalles, l'infirmité de la malheureuse ne l'avait pas fait tomber dans quelque indigne machination des frères. Enfin, il voulait demander à Estrellita si, à part les tâches ménagères, elle savait faire quelque chose d'autre..., si elle avait fait des études. Hypothèse absurde! Mais cela rejoignait son intérêt pour une vie aussi infortunée, et sa conscience un peu douloureuse que, dans la capitale lombarde, les êtres frustes ne jouissaient plus des mêmes sympathies et facilités que les rejetons de haute volée, alors que le comte désirait pour sa protégée la meilleure condition. Quoi qu'il en fût, le lendemain même il demanderait la cession et il ne doutait pas que, devant un chiffre astronomique, les Guzman ne se pliassent.

Ainsi pensait-il, dirigeant ses pas vers la colline, dans cet air brûlé. Et, encore que bonté et confiance ne l'eussent abandonné, il n'était pas heureux. C'est que, tout en se disant que la solution du problème était facile, il avait la sensation, en même temps, que la liberté de l'Iguane était difficile, était impossible : et cette sensation, qu'il s'efforçait de repousser, le faisait aller à la recherche de la bête comme, en d'autres temps, il s'était approché pieusement de la pierre herbeuse où dormait quelque ancêtre, ou serviteur, ou ami cher qu'aucune pitié ne pouvait réveiller.

VIII

DADDO TROUBLÉ

« Je t'ai vue, qui entassais de l'argent ! »
  La bête rêve

Le cabanon où étaient gardées les poules et, à ce qu'il paraissait, de temps à autre l'Iguane, n'était pas loin de ce même couloir d'oliviers, où, le matin, il avait aidé la malheureuse à tirer son seau du puits. Il s'approcha, et, grâce à la grande lumière lunaire, même voilée de quelques ombres projetées par les oliviers, il vit clairement l'enclos, avec une partie, vers le fond, protégée par une bâche qui devait assurer le sommeil des volatiles, et l'autre ouverte à la lune. Et c'est ici que se trouvait l'Iguanette, absorbée dans une occupation qui – à la façon dont une soudaine vérité nous traverse l'esprit, éclairant une situation ambiguë ou du moins douloureuse, laquelle nous préoccupe et nous afflige tour à tour – parut faire s'effondrer d'un coup, dans l'esprit du tendre visiteur, tout soupçon de mal et presque de peine.

La jeune Estrellita (car nul doute désormais sur sa jeunesse, et même sa verte enfance) avait tracé sur le sol, à l'aide d'une pierre pointue, cet enclos rectangulaire que tant de fois le Lecteur aura vu faire aux enfants, et avec lequel

75

jouer à la Marelle

lui aussi, bambin, aura passé des heures... Un tel enclos est à son tour divisé en six autres, plus un septième à l'extrémité du rectangle, et, ce dernier, de forme semi-circulaire; et tout le jeu, qui consiste à sauter à cloche-pied d'un carré à l'autre, sans toucher la ligne de séparation, et en se faisant précéder par un petit caillou, est appelé « La semaine ». Jeu ingénu, et mille fois plus ingénu, sinon bizarre, s'il est joué durant la nuit par une créature comme l'Iguane, qu'il avait déjà vue souffrir et soupirer et compter de l'argent avec toutes les suffocations et le terrible silence d'une adulte. Comme si la nuit, la délivrant de la présence des êtres atroces qui l'entouraient, éveillait en quelque sorte un patrimoine de bonheur à elle, l'Iguane, à petits sauts, passait, légère, d'un carré à l'autre. Certaines de ces poules, réveillées et irritées, la fixaient du haut de leurs perchoirs; et l'Iguane, à la façon de tous les enfants du monde, semblait n'en faire absolument pas cas, et quand elle tournait son fin museau du côté du comte, le jeune homme pouvait voir qu'il y avait là, au milieu des rides d'anxiété et de terreur que sa vie quotidienne lui avait laissées, je ne sais quelle lumière de grâce, de joie. Qui ne s'éteignit pas même lorsque le comte, allumant sa pipe, et avec un sourire intimidé encore qu'agréable, s'approcha du poulailler.

« Voilà donc la raison pour quoi les poules ne dormaient pas! » dit-il aimablement. Et il pensait à la manière dont, conduite à une école, lavée et bien mise, l'Iguane aurait été loin de faire tache au milieu d'autres mille jolies créatures.

L'Iguane, comme si vraiment son âmelette était guérie, et délivrée de toute crainte amère, riait, ou ainsi parut-il au comte, parce qu'il avait découvert deux dents mignonnes du reste fort distantes entre elles; mais elle n'était pas du tout laide, et même elle sembla si jolie au comte, que sur le moment il crut l'avoir toujours su. Il lui sembla aussi que ses

76

petits yeux n'étaient point du tout petits, mais grands et resplendissants, et calmes surtout, comme si la lune entière, ainsi qu'au fond d'un puits, s'y mirait. Impression qui ne dura pourtant pas longtemps, après que l'Iguane, son jeu délaissé, s'approcha du portillon, et enfila entre les deux barres son museau fuselé. Alors, ces yeux, redevenus petits et sérieux, lui firent une impression de gravité, comme si la folie du marquis avait de peu épargné ce tendre esprit. Elle le regardait, non point telle une bestiole, une jeune iguane... Il ne savait même pas, lui, de quelle façon elle le regardait, mais il y avait à coup sûr dans ces petits yeux une sévérité et une interrogation déchirée, au-delà de la discussion, qui prit cette tournure :

IG. Vous n'avez pas sommeil, *o senhor*?

COMTE. Non, Estrellita... Et toi non plus, on dirait... A quoi jouais-tu ?

IG. *A la semana, o senhor*.

COMTE. C'est un jeu qu'on joue seul ?

IG. Oui, *o senhor*.

Le comte appuya un bras sur le toit du poulailler, et, regardant en bas vers l'extravagante petite créature, il retrouvait dans ces menus yeux resplendissants et fixes une suavité que, à Milan, il n'avait jamais vue dans les yeux de personne, et il lui en venait un sentiment paisible et grave du secret de l'Univers, de tous les abîmes qui nous entourent, et, fort probablement, de leur bonté. Et qui sait pourquoi, même toutes les bizarreries et les rudesses de ses hôtes, et jusqu'à leur promenade par-delà la colline, ne l'inquiétaient plus. Et tandis qu'il se sentait si serein, il était aussi un peu affligé, comme coupable de quelque chose, de quoi il ne savait. Et il lui semblait que la réponse se trouvait dans cette pauvre petite silhouette verte éclairée par la lune.

« Écoute, Estrellita, je voudrais te dire une chose..., dit-il peu après. Cela te déplaît, si je t'appelle Estrellita ?

– Non, *o senhor*... Quoi, *o senhor*? »

En craignant une réaction alarmée, il ne s'était pas trompé.

Il y avait, dans les yeux de l'enfant-bête, une soudaine inquiétude à présent, comme si d'un coup s'était transféré en elle le doux trouble du comte. Elle répéta, en regardant ailleurs, maintenant :

« Quoi... quoi donc?

– Je t'ai vue, qui entassais de l'argent, dit brusquement le comte. Ce n'est pas bien, tu comprends, à ton âge. Je t'ai vue dans ta pièce, par la trappe. »

En réalité, ce n'était pas ce qu'il aurait voulu lui dire. Mais sans doute seul un reproche, cruel justement parce que injustifié, eût pu exprimer ces douloureuses, délicates émotions qui croisaient leurs doigts sous son crâne. N'arrivant pas à éprouver le moindre repentir, ni à comprendre de quoi il souffrait, il fixait l'Iguane avec une sévérité encore plus grande.

« Ce n'était pas de l'argent, *o senhor*! répondit la servante après un instant de surprise où elle avait regardé le comte avec une soudaine dureté.

– Ah, ce n'était pas de l'argent! Et qu'était-ce?

– Des pierres, c'étaient des pierres. »

Pendant un moment, ses petits yeux brillèrent d'une lumière sombre qui fit mal à Aleardo, mais peu à peu elle s'adoucit; et alors, avec une expression que le comte prit pour une timide reddition, elle admit :

« Ce sont mes économies, *o senhor*!

– Et pourquoi les enterrais-tu?

– Comme ça. Je ne sais pas. »

A cette explication, donnée en hâte, avec ce même air dur, empreint toutefois d'une nuance de malice, comme si du haut de ses quelques pouces elle mesurait l'ingénuité du Lombard, et sa balourdise, succédèrent un curieux assom-

brissement et puis une nouvelle indolente reddition, où elle avoua au comte qu'elle en agissait ainsi parce qu'elle n'était pas bien certaine que Felipe et Hipolito, pendant son absence, ne voulussent pas récupérer « l'argent », vu que de très mauvais gré ils s'étaient rendus à ses instances.
« Avant, donc, ils ne te payaient pas ? demanda Aleardo en observant la menotte aux ongles en deuil qui était devant lui.
– Ils me donnaient d'autres choses, o senhor.
– Mais quoi ? »
Du fait que l'Iguane ne répondit pas, il fut facile au comte d'en déduire qu'il s'agissait d'un nouveau mensonge. Et, prenant dans la sienne cette petite main sale, étonné qu'elle fût si froide et inerte, il pensa encore que, peut-être, ce n'était pas un mensonge, mais plutôt une image; il faisait le lien entre cette tristesse, cette stupeur, ce rapide « autres choses », et il lui parut comprendre que c'étaient là de l'affection, de l'humanité, des expressions de gracieuse sympathie, qui probablement, pour quelque grave événement ou changement intervenu dans la vie de ces êtres, ou peut-être pour nul changement mais par la seule indifférence, comme il arrive dans la vie, avaient cessé. Après quoi, sans doute pour compenser ce détachement et cette souffrance avec des valeurs d'ordre matériel, ils avaient décidé de la payer. Mais là aussi, il y avait confusion dans la mesure où il semblait que c'était précisément l'Iguane qui avait sollicité, à défaut d'un traitement plus amical, un versement régulier d'argent, si on pouvait appeler argent ces vilaines pierres.
« Tu aimes le marquis, je crois », dit-il peu après, se demandant dans quels abîmes, à ces mots, était retournée l'Iguane, parce qu'il ne la voyait presque plus, et cela était en partie l'effet d'un nuage venu devant la lune, mais aussi d'une soudaine distraction du comte. Il lui semblait clair, à présent, que sa conversation ne plaisait pas du tout à

l'Iguane, et qu'à la vérité, elle ne lui plaisait pas, à lui non plus. Il allait se rappeler, presque avec les larmes aux yeux, et sans aucune raison, combien semblable à un long sommeil avait toujours été sa vie : « Des maisons, *o senhor*, des maisons!»; c'est pourquoi, avec un changement d'expression qui aurait frappé un tendre ami, mais certes pas une petite iguane d'un genre aussi extravagant et avili, et surtout avec un grand effort de volonté, parce qu'il ne lui importait plus rien de tout cela, laissant en quelque sorte tomber cette malheureuse phrase, il ajouta :

« Alors, pourquoi pars-tu?

– Moi, je ne pars pas, *o senhor*.

– Et... tu n'aimerais pas partir?

– Non, non! fit de la tête, plus que de sa voix presque réduite à un bruissement, la créature.

– Écoute voir, Iguanette...», commença le comte, mais il ne poursuivit pas.

« Elle est vraiment belle», pensait-il pendant ce temps, comme si la raison ne lui était d'aucune aide. « Et je ne comprends pas pourquoi le marquis n'en est pas tombé amoureux... Peut-être parce qu'elle n'a pas d'âme», et ses yeux se remplirent de larmes.

« Vous vouliez... me dire quelque chose, *o senhor*? demanda l'Iguanette.

– Oui, Estrellita. T'es-tu jamais mariée?

– Non, *o senhor*.

– Et n'aimerais-tu pas... avec un beau voile... venir en Europe?»

La menue créature, d'abord le fixa, puis se mit à rire, silencieusement, avec l'embarras des enfants. Ensuite, elle se fit sérieuse, et répondit d'un ton sec :

« Non, *o senhor*.

– Pourquoi?» La question du comte fut presque une plainte.

« Parce que non. »

« Ce n'est pas une réponse », pensa le comte. Et il pensa aussi : « Mais ça ne va pas ! Me voici en pleine nuit, dans la déserte Ocaña, qui m'approche d'un poulailler pour demander à une petite iguane persécutée si elle voudrait se marier et venir avec moi en Europe. Outre que, étant donné son jeune âge, cela ne peut l'intéresser, j'ai négligé ce détail : je m'étais promis de lui servir plutôt de père. D'époux, il y a pléthore, sur la terre, et de père, à ce que j'en sais, point. Pourtant, même en ce cas, l'obstacle demeure : en effet, un esprit immortel peut-il se faire entendre par l'irrationnelle Nature ? Et qu'est-ce donc, cette Nature ? Bien ou mal ? Qu'attend-elle ? Elle souffre, c'est clair... il faut l'aider. Est-ce possible, sans mourir devant l'Éternel ? »

Voilà ce que pensait le comte, avec une sensation de froid.

Et, détournant les yeux de l'Iguanette qui resta en silence à le regarder, il s'éloigna de ce lieu avec un sentiment qui était plus de tristesse que d'humiliation, de désarroi que seuls les hommes simples éprouvent, lorsque la paix de Dieu s'éloigne d'eux.

IX

LES DEUX LUNES D'OCAÑA

Un autre bateau. Surprise!

En revenant vers la maison, et surtout parce qu'il n'avait pas le cœur de demander, pour le moment, ne disons pas un soulagement, mais le plus modeste refuge à cette morne habitation, un abri contre la vague mélancolie, les pensées d'un ordre non plus sentimental, mais quasi théologique, qui l'envahissaient – il choisit le chemin le plus long, qui était, compte tenu de la conformation de l'île, une demi-lune au dos à l'orient, vers la côte portugaise, ainsi qu'il appert dans le dessin :

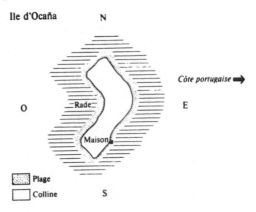

le même chemin qui, du levant, tournant au nord, derrière la colline qui cachait le petit port naturel de l'île, rejoignait cette plage sud-ouest où, une heure auparavant, avaient disparu, habillés comme pour une réception, les hôtes du comte. Lui, le comte, il se promettait, comme cela arrive facilement quand on est troublé, de tirer des hésitations, ou des difficultés du parcours ou d'autres curiosités, une diversion à sa légère encore que mortelle tristesse. Supposant que l'aube, comme toujours, le réconcilierait avec ses propres pensées, en lui indiquant son devoir le plus simple, d'instinct il cherchait à renvoyer jusqu'à elle la solution de l'inextricable problème. Alors son regard, lorsqu'il fut arrivé au sommet de la colline, et réembrassant après de nombreuses heures le mystérieux occident, rencontra cette lune qu'il avait crue tout à fait imaginaire, s'arrêta, agréablement surpris, sans mesurer d'abord le sérieux d'une telle bizarrerie.

De là-haut, il reconnut dans la seconde lune (la première, orange et légèrement oblongue, tel un jaune d'œuf avec son poussin-image à l'intérieur, montait déjà d'un air fatigué derrière le promontoire, et tendait à pâlir), et dans sa peu naturelle vivacité, le phare d'un bateau, et il aiguisa son attention sur le bateau lui-même, un trois-mâts sombre, absolument immobile, qui mouillait dans le petit port, tout solitaire, comme un oiseau aquatique égaré. Aucun doute, c'était un bateau à voiles, et de dimensions pas si modestes que cela, de sorte qu'on pouvait lui supposer une fonction mercantile plus qu'un usage de plaisance. Pour le moment, par tous les hublots éteints, aucun signe de vie ne filtrait à bord, comme si la créature marine était arrivée à Ocaña simplement attirée par un rêve, et non point par une raison spécifique. Puis, le phare ou le réflecteur, tandis qu'il s'éteignait (signe qu'il devait bien y avoir quelqu'un à bord) illumina en plein, la rapprochant extraordinairement, une file de caissettes et de tonneaux qui se présentaient amoncelés sur la rive, à peine déchargés, eût-on dit, ou prêts au contraire à un départ définitif.

Abasourdi et cherchant de toute sa bonté et simplicité à se ressaisir en s'interdisant de laisser vagabonder son imagination, ce qui l'aurait entraîné à déroger une fois de plus à ses devoirs de correction, en l'engluant dans une curiosité déshonnête sur la vie secrète d'Ocaña, après quelques instants de méditation, Aleardo faisait déjà demi-tour lorsqu'il eut l'impression d'apercevoir, là où la plage, à l'issue du promontoire, réapparaissait, un court cortège, mené, ça il en était sûr, par les frères du marquis. Suivait don Ilario en personne, donnant le bras à une créature de genre féminin. Une autre créature de ce genre-là, mais extraordinairement efflanquée, suivait à courte distance, au bras d'un être, au contraire d'elle, large et courtaud, que son crâne scintillant sous la lune définissait comme un homme. Sur la qualité de trois autres personnes, il ne pouvait y avoir aucune incertitude : il s'agissait d'un prélat, d'un enfant de chœur et d'une domestique noire couverte de fleurs.

Heureux que ses préoccupations sur le mystère du bateau se fussent si inopinément éclaircies, et encore plus heureux que la solitude de don Ilario, ou pour mieux dire de Jeronimo Mendes (car tel, et sans aucune explication, raison pour quoi nous non plus n'en donnerons pas, se révéla au comte le nom le plus *profond* du marquis), ne fût pas d'un genre si irrémédiable que ça ; et seulement gêné de sa propre balourdise, qui ne lui avait pas permis, durant le dîner, de comprendre que les Guzman s'apprêtaient à recevoir des visites, et maintenant le plaçait dans une position de véritable indiscrétion, Aleardo se proposa de faire un rapide retour à la maison, pour regagner sa chambre avant que le cortège n'atteignît l'esplanade aux chênes. Il se coucherait aussitôt et s'endormirait, afin qu'à l'aube il fût déjà prêt à rejoindre la *Luisa*. A l'Iguanette, qui toujours endolorissait son cœur, il ne voulait pas penser pour le moment, et allez savoir s'il n'était pas reconnaissant au hasard qui lui enjoignait de laisser de côté, pour le moment, l'étrange question. Car le cœur de l'homme, fût-il d'un comte lombard, ne néglige aucune occasion, au moins dans ses replis les moins éclairés, de différer quelque action que ce soit, pour peu qu'elle présente le moindre risque d'épuiser l'âme avec sa problématique. Il y a de la paresse, même s'il n'y paraît pas, dans le cœur de l'homme.

Il dut admettre, quelques minutes plus tard, deux choses qui, l'une et l'autre, le troublèrent : que, depuis la plage, par exemple, il pût exister un passage souterrain jusqu'à la maison ; ou encore, que ses hôtes étranges, à la manière des sorcières, avaient plus l'habitude de voler que de marcher. Et tout ça parce que, une fois parvenu près de la maison, il comprit qu'aussi bien les Guzman que les autres étaient déjà arrivés : on le voyait clairement aux fenêtres grandes ouvertes sur la nuit et qui projetaient dehors une uniforme lumière rougeâtre, mêlée à des volutes de fumée dense où nard et encens s'équilibraient ; et, plus que le voir même, on l'entendait, à un son aigu et enivré d'hymnes religieux, accompagnés de graves litanies et au grondement d'un harmonium, lesquels, lorsque le jeune homme fut à quelques pas de l'habitation, comme fortuitement s'étouffèrent et prirent fin.

Tout cela, si Aleardo ne l'avait pas déjà vu du sommet de la colline, le court cortège avec en queue le prélat et l'enfant de chœur, aurait pu inquiéter son imagination, tandis qu'à présent, associant ces images religieuses à ces sons et odeurs religieux eux aussi, il eut la clef d'un si suggestif éclairage de la maison, sans que par ailleurs se dissipât en lui un je ne sais quoi d'amer, déterminé par une certaine violence ou position moralisante qui était dans cet apparat, où il

85

semblait que l'esprit divin se plaçait délibérément face au mal, pour l'entraver, afin que son front assombri se pliât à jamais dans les ténèbres.

Soucieux et, dirons-nous plus clairement, un peu contrarié de ce retour, jusque dans la mer océane, d'une polémique, et plus que d'une polémique, des manières autoritaires de l'Église à l'égard de l'abîme, le comte résolut de ne plus s'en occuper, fermant hermétiquement les yeux et les oreilles, puisque la maladie (car, à n'en pas douter, c'était une maladie, et dans sa forme la plus décourageante, d'obsession) du sieur Segovia-Mendes commençait à l'avilir. Et ses amis ne paraissaient pas plus dénués de préjugés que lui.

Le comte se trouvait sur le côté gauche de la maison, ayant prudemment contourné la façade, et là, où il n'y avait aucune ouverture, il se sentit plus tranquille. Mais il ne le fut complètement que lorsque, arrivé derrière, au vu de la porte de la cuisine ouverte et de l'intérieur désert, il eut atteint la trappe qui donnait dans le souterrain. Il entendait, pour ne pas être aperçu, et épargner ainsi un surcroît d'embarras à ses hôtes, regagner sa chambre en passant par celle de l'Iguanette. Ce faisant, en somme dans son trajet jusqu'à la trappe, il effleura la vaste table de la cuisine, et là il distingua, avec étonnement, toutes ses bouteilles de Malaga, et bonne quantité de champagne, et puis des verres à pied, et une soupière remplie de beignets au miel, œuvre à coup sûr de Felipe, que la lune désormais pâle, en pénétrant par l'huis délabré, éclairait en plein.

« Comme ça... après la bénédiction, la réception !... » se dit-il, épanchant dans cette exclamation le dépit, dont nous ne lui ferons pas grief, parce qu'en plus il n'était que passager, d'avoir été écarté de la fête. En cela, le comte se montrait puéril, révélant encore davantage l'ingénuité de son âme. Pourtant, sitôt après, une contrariété plus vraie, dans

86

la mesure où elle le blessa ouvertement, se présenta à sa pensée : pour l'Iguanette, point de douceurs, point de toasts portés, point de réceptions. Et même, dans l'éventualité où elle épierait, ils étaient allés jusqu'à l'éloigner de la maison.

Les paroles de Felipe : « Et puis retourne aussitôt dans le poulailler » lui revinrent tout de suite à l'esprit et, encore que lentement, se rattachèrent aux présents événements pour éclairer une situation qui parut soudain au comte très dense de soupçon. Si la petite servante, comme au moins sa tranquillité semblait l'indiquer, était éloignée chaque nuit de la maison, cela signifiait qu'au moins chaque nuit, depuis un certain temps, la scène du débarquement se répétait, et la maison était visitée par ces étrangers. Peut-être la bénissait-on chaque nuit. Quelqu'un – et les caisses amoncelées sur la plage l'annonçaient – était sur le point de partir, et quelqu'un d'autre sur le point d'arriver, et de remplacer, peut-être de façon absolument définitive, les anciens maîtres ; alors, d'autres paroles de don Jeronimo-Ilario entendues au dîner, et qui l'avaient beaucoup étonné, tel ce « il est tard, maintenant, très tard, je crains... », lui revinrent à l'esprit avec une pitié inattendue pour le jeune homme, et aussi l'irritation de s'être comporté aussi stupidement. La certitude que la maison, sinon l'île même, étaient en vente, et qu'Ocaña allait bientôt changer de propriétaire, et de là venait probablement le désespoir de tous et la peur de la bête, entra en lui comme la lente lumière du jour, sans possibilité, pour une pareille clarté, de diminuer, mais seulement de croître, en restant néanmoins tout à fait mystérieuse.

Et le souvenir de la transfiguration momentanée du marquis, sur le balcon, effleurant de quelques mots la sublimité de l'amour, ne servit de rien pour l'atténuer ; au contraire, c'est précisément à ces paroles, et à leur arrogance, qu'il dut l'augmentation de ses doutes sur la paix du lettré, et une mélancolie toujours plus aiguë en se rappelant son approbation, à lui, insensée. Et probablement du fait que la porte de la cuisine, en cet instant, commença à s'obscurcir, sans doute parce que la lune s'était évanouie, de cette obscurité il sentit croître la douleur qui l'avait point dans son dialogue avec l'Iguane, comme une impossibilité suprême et fondamentale de comprendre, de saisir une vérité, telle la lumière de la lune, toute présente et pourtant cachée.

X

UNE PETITE FAMILLE
DE TYPE UNIVERSEL

L'Archevêque

Elle s'était obscurcie, disions-nous, la porte qu'avait blanchie la première lune d'Ocaña, et le comte était à peine descendu, tout pensif, par la trappe, il avait refermé le couvercle sur lui, lorsque des pas et des voix, avec quelque chose d'animé et d'impérieux, résonnèrent fort près de lui, vu que la cuisine en était le décor temporaire. C'est alors qu'Aleardo aurait voulu retourner en arrière, et se présenter, comme n'importe quel homme de sa caste aurait certainement fait, et lui aussi quelques instants auparavant, à ces nouveaux venus. Mais une insensibilité jamais connue avant, une froide tristesse qu'ignoraient son éducation et sa bonté, l'en empêchèrent; et comme n'importe quel enfant frappé par une injustice de sa mère chérie reste prostré dans un coin, Aleardo, une fois rejoint, à travers la seconde trappe, le passage secret, ne l'abandonna pas pour sa propre chambre, mais se tint dans l'armoire à l'affût de ce qui pouvait se dire ou apparaître là-bas. Et en attendant, pas plus distinct, à peine plus fort que les pulsations normales du cœur, réaffleurait à son esprit le projet déjà mort de faire quelque chose pour le rachat d'Ocaña et de l'un et l'autre de ces malheureux messieurs. Quant à partir à l'aube, il n'y pensait déjà plus.

Et voilà que son attente, quelques instants plus tard, fut récompensée. La trappe de la cuisine, très visible de l'armoire, s'ouvrit, et tandis qu'un vrai flot de lumière rouge envahissait ce sauvage hourdis, des personnes – les mêmes, sans aucun doute, entrevues sur la plage – commencèrent à descendre l'échelle, précédées par Felipe qui portait une torche protégée d'un globe de verre rouge vermeil.

Ce n'était (vois donc, Lecteur, comme le secret des choses est souvent beaucoup plus modeste que l'infantile imagination de l'Univers ne voudrait, à je ne sais quelles fins, démontrer), ce n'était rien de plus qu'une honnête petite famille bien comme il faut de la classe moyenne mondiale, c'est-à-dire américaine, dans la mesure où toutes les petites familles, aujourd'hui, sont américaines, et dans celle-ci l'origine yankee sautait aux yeux. Il y avait un large père, une longue mère et une fille très décidée, sur les vingt-deux ans, au visage maigre, au regard noir, aux joues bronzées, en joyeux contraste avec une robe de cocktail rouge, et un joli nez à la grâce interventionniste la plus subtile et résolue du monde. La demoiselle, de toute évidence reine de cœurs et de fortunes, avançait pourtant, dans ces sombres lieux, avec ce qu'il fallait d'alarme conventionnelle, et un minimum d'attention authentique, propres à signifier que son âme sportive n'était pas complètement indifférente aux charmes de l'horrible et d'une dépravation naturelle (jusqu'à l'extrême indigence). En contraste, plus ouverte et comme égarée, était la perplexité de la mère, vraie outre de lumière, vêtue de chiffon caramel, et puis d'argent, d'or, et de dentelles et plumes variées; brillant de la pointe de ses sandales couleur lune à son chapeau ailé rose aurore (véritable allégorie de l'été, avec des épillets de blé et des coquelicots bouleversés par un vent invisible), de ses ongles argentés jusqu'aux

90

triples poches roses qui soulevaient en haut, en le découvrant, le bord des paupières. Et il n'était pas en moindre forme, encore qu'atténuée et comme dominée par une vigilante prudence, monsieur le mari et père, le *mister* de quelque *farm* derrière une métropole occidentale, où commence la forêt.

Lui, un monsieur de ce monde, tout petit et intimidé, tout en soie écrue et or, avec dans la main une badine de bambou, il paraissait à chaque instant explorer l'air empoisonné du lieu, y cherchant le bon endroit afin que la marche de ses femmes ne butât pas par surprise sur quelque obstacle. Précaution complètement inutile, car, jamais comme en ce moment-là, la maison de l'Iguane ne parut au pensif Lombard plus inanimée et soumise, telle une tombe dont la créature, par disposition de la police surnaturelle, eût été en permanence éloignée. Elle n'était rien de plus, la demeure de la petite servante, à ce moment-là, qu'un lieu où entreposer du vin dans de hauts tonneaux, ou des tonneaux sans vin, des caisses remplies de marchandises les plus diverses. Et le coin où la fillette-bête avait enterré, de ses menottes vertes, son trésor de petites pierres, apparut si découvert et offert à la lumière de la torche, que le comte – bien que cela n'eût point de sens – trembla en s'attendant qu'on le découvrît.

Chose peu probable, si on devait tenir compte d'une successive apparition de visiteurs, lesquels, suivis à quelques pas d'Hipolito et du marquis à l'air égaré, remplirent vite le local d'une délicieuse vivacité.

Don Fidenzio Aureliano Bosio, d'origine clairement lombarde, et présentement archevêque de Merida, à sept cents kilomètres de Caracas, n'était pas inconnu au doux Aleardo, il ne lui était même pas inconnu du tout si, en le reconnaissant, il sourit. Cet homme satisfait et courtois, infiniment rose, rouge, vert et doré à cause d'une merveilleuse étole qui lui recouvrait les épaules, était le pupille, rien

91

que ça, de cette même aïeule maternelle dont la maison à Bellagio avait abrité l'enfance du comte. Et elle, l'Aïeule, une fois découverts d'abord le charme de sa voix, et ensuite sa pauvreté (Fidenzio vivait dans une métairie avec une douzaine de frères et sœurs, et aucun avenir ne s'offrait à lui), elle l'avait adopté, avec la violence typique que les Lombards mettent dans leurs œuvres de bienfaisance, destinant aux dépenses de ses études au séminaire une partie non négligeable du vocable : charité. Ainsi Aleardo avait-il rencontré à plusieurs reprises l'étudiant plein de promesses et le futur théologien, dans le jardin et au rez-de-chaussée de la villa, et toujours, en ces occasions-là, des liqueurs dorées et des biscuits étaient sortis des buffets massifs et des boîtes de porcelaine fleuries. En le regardant, l'Aïeule paraissait retrouver cette paix qu'un idéal romantique, poursuivi dès l'éclosion de sa jeunesse, semblait avoir mise en danger. Encore qu'un docte scrupule le rendît prudent, don Fidenzio lui avait déjà assuré, de la façon la plus formelle, le salut final de son âme. Cette garantie avait permis à la noble dame, encore fort belle bien qu'elle ne fût plus dans la vigueur de l'âge, de se passer encore quelques généreuses folies, après quoi les Huissiers de Dieu l'avaient saisie. En cette dernière occasion, âgé d'environ vingt ans déjà, Aleardo avait revu se promener dans le jardin donnant sur le lac son quasi-frère, qui, sur les vingt-cinq ans maintenant, et depuis peu consacré au Seigneur, était dans l'attente de partir pour les Baléares. Depuis ce jour, dix étés avaient passé, aucune nouvelle n'était plus jamais arrivée, jusqu'à la surprise hautement savoureuse de ce soir.

A présent, ému par cette rencontre, qui promettait un solennel et bienheureux éclaircissement du mystère d'Ocaña, le comte, dans un tout autre esprit, et même contraint de freiner la joie qui l'aurait poussé à se montrer sur-le-champ et à embrasser Fidenzio, se disposait à quitter l'armoire, mettant un terme à cette curieuse soirée, et renvoyant au lendemain la plus chère des révélations; cependant, il fut étonné par ce que le prélat, suivi du jeune enfant de chœur et de Felipe, s'apprêtait à faire. Rien moins que le tour du sous-sol, où, tandis que Felipe éclairait de sa torche les anfractuosités, l'enfant de chœur faisait osciller son encensoir, le tout bénit par les pâles mains de son quasi-frère dont la belle voix angélique entonnait, énergique et suave à la fois, un *Libera nos Domine* à l'accent des plus affligés.

On entendit, à ces mots d'un rituel antique comme l'abîme, certains sons, et plus précisément : le petit rire de la domestique noire et d'une grâce extrême, qui, sa main menue sur la bouche, suivait l'enfant de chœur, et semblait préoccupée de ne plus pouvoir dominer son hilarité; un «chut!» d'Hipolito, dont le regard sévère ne laissait rien échapper; et un sanglot évadé de la sublime poitrine de la dame en rose. Quant à la demoiselle, un pli dédaigneux de ses belles lèvres, et une incrédulité agacée, voilà ce qui distinguait, en ce moment, son minois résolu, tandis qu'on voyait filer son regard noir vers l'emplumé et pétrifié seigneur du lieu, à savoir don Ilario Mendes-Segovia, avec une cordialité dont n'était pas exclu tout reproche. Quant au chef de la petite famille USA, comme si d'une pareille mise en scène, en même temps qu'elle se déroulait sous ses yeux, il enregistrait sur une machine à calculer invisible ce qu'elle lui avait coûté, jusqu'au dernier *cent* : il montrait un souci de nature beaucoup plus comptable que spirituelle, en secouant, durant ces « *libera* », dubitativement la tête.

Une fois que le groupe, après avoir parcouru tout le périmètre du local, fut arrivé dans son renfoncement le plus sombre, où l'on apercevait le confus grabat de la créature, il fit halte, comme troublé; et le bruit redoubla, presque le cri d'un oiseau aquatique, que faisait le sanglot de la génitrice, et sifflèrent de nouveau le petit rire de la domestique, le

« chut ! » d'Hipolito, et sereine, ailée, après une pause que le comte interpréta comme un doute, s'éleva l'invocation d'avant, ce *Libera nos Domine* du prélat, alors que l'encensoir vomissait un authentique nuage dispensateur de pardon, chargé toutefois de je ne sais quelle fièvre orientale.

XI

LA TERREUR DU « MAL »

lieu et nature de l'oppression

Nouvelles hypothèses

Si l'âme du comte n'avait jamais été aussi oppressée, mais heureusement d'une oppression plus proche de la stupeur d'un enfant que d'une véritable inquiétude, comme le voulait d'ailleurs sa nature confiante – cette oppression, on aurait pu la comparer à un radieux sourire, par rapport aux émotions qu'un regard magique traversant le sous-sol, la trappe, la cuisine et la porte ouverte sur le sentier des oliviers, lui aurait à coup sûr provoquées.

De ce côté, venait tout doux, tout doux, et de l'air mi-distrait mi-triste des orphelins qui paraissent franchir les chemins de la vie dans une éternelle énigme, rien moins que l'Iguanette, la tant réprouvée. Vite gagnée par l'ennui, après le départ du comte, de ses petits jeux idiots, et comme si l'interrogatoire et la bonté sévère de l'étranger l'avaient rappelée à sa douloureuse situation, la ramenant à des soucis que la nuit avait sans doute apaisés ; peu après, ayant forcé la petite porte du poulailler, sans bruit, sans bruit, comme le permettaient ses pieds nus, elle s'était dirigée vers la maison.

jugement de l'auteur

Bien qu'elle fût une Iguane, et de l'espèce la plus sombre, elle éprouvait une forte peur des nuits de lune, que seule la peur plus forte des Guzman tempérait, sans pour autant l'anéantir. Ils lui avaient dit, au tout début de son existence, qu'il y avait des monstres partout, et qu'il fallait s'en garder. Plus tard, alors que brisée par les travaux domestiques sa menue personne verdâtre ne parvenait plus, par fatigue, à trembler de rien, et qu'elle aurait pu dormir, les lentes insinuations de la famille sur l'existence « physique » du Mal, et sur sa personnification en un certain être qu'on ne nommait pas, avaient jeté la glace d'une vraie terreur dans le petit esprit, et un soupçon qui d'abord avait été insoutenable, et, maintenant, l'assombrissait tant qu'elle ne pouvait même plus l'affronter : qu'elle fût, elle-même, l'Iguanette, le Mal, ce qu'on appelle « esprit des ténèbres », poursuivi par Dieu.

C'était là, avec une autre douleur qui, sous peu, Lecteur, apparaîtra en pleine lumière, l'écharde qui révulsait les yeux de la *menina*, et lui provoquait des élancements car elle s'était fichée dans son esprit. Ainsi, alors que la nuit, tantôt elle jouait dans le poulailler, tantôt elle cherchait à regagner sa tanière, où les petits objets que nous avons vus (entre autres, la soucoupe avec les noisettes grillées) dans une certaine mesure la rassuraient, ce n'était pas tant la peur du silence, de la nuit lunaire qui la dominait, que cette peur de soi impossible à affronter.

Si, par contre, au lieu de parler à une telle distance d'eaux et de jours, pour ne pas dire d'années, de ce pauvre être, il nous avait été permis de parcourir cette nuit-là le même sentier que le sien, de le rejoindre par surprise et de l'immobiliser un moment par ses vertes et frêles épaules, nous aurions senti le premier frisson se roidir en une sorte de pierreuse immobilité, et enfin ces petits yeux se seraient levés, sans nulle autre lumière que le froid désespoir, sur nous.

Certes, terrible est le sort de ceux que Dieu a destinés à de continuelles rencontres avec les yeux phosphorescents du

96

Mal, et ce n'est pas tant des catholiques que nous voulons parler – leur Mal se trouve, en définitive, uniquement dans l'absence des Plaisirs –, mais des protestants, par exemple, qui y croient, et tantôt le pendent, tantôt lui coupent la tête, tantôt l'envoient brûler avec mille étincelles sur une très moderne chaise; terrible est donc le destin de qui est placé par Dieu, ou par sa propre ambition (ceci n'est pas encore clair), en lutte continuelle avec la perversité. Mais as-tu jamais pensé, Lecteur, quel peut être le supplice de la Perversité et de la Méchanceté même, placée dans l'impossibilité, pour des raisons mathématiques, dirons-nous, de lutter avec soi, de fuir de soi, et qui, toujours, le jour et la nuit, doit supporter l'horreur de sa propre présence désespérée – cette présence étant soi-même? Non, tu n'y as certes pas pensé.

Et pourtant, si cela te paraît maintenant le maximum de l'horreur supportable par ce fragile petit être, sache que tu te trompes, qu'il y a pire, que le maximum de l'horreur est encore possible. Il n'y a d'horreur, en effet, qui, si on naît dedans, et si on en a pour ainsi dire bu le lait, ne se transforme avec le temps en habitude et indifférence résignée, c'est-à-dire en une sorte de bonheur dégradé, et néanmoins bonheur encore. Mais si celui qui, après, fut reconnu comme le Mal, n'était pas, à l'origine, considéré comme tel, et bien au contraire était embrassé et caressé et sur son visage se fixaient de joyeux regards bleus, et tout chantait autour de lui un chant d'amitié et de suavité; si celui-là sut à l'improviste qu'il y avait eu erreur, sut qu'il n'était pas le Bien, mais le Mal même, la honte, la méchanceté, et poussé dans un couloir de solitude ne vit au fond de son chemin que la potence : sache, Lecteur, que seul celui-là, qui d'abord n'était pas considéré comme le Mal, et après fut désigné comme le Mal même, seul celui-là sait ce qu'est le froid mortel du Mal.

97

On dit que l'Enfer est chaleur, un chaudron de poix, probablement à des millions de degrés au-dessus de zéro, mais en réalité le signe de l'Enfer est dans le moins, au lieu d'être dans le plus, il est dans un froid, Lecteur, vraiment très horrible. Non seulement il y a le froid, mais aussi la solitude : personne ne te parle plus, et tu ne parviens à parler à personne. Ta bouche est murée. C'est ça l'enfer. La petite créature autour de laquelle se déroule cette histoire l'oubliait de temps en temps, et pour des bêtises, pense un peu, Lecteur : quand elle était seule, et si elle serrait une poule rousse dans ses bras, si elle trouvait un galet satiné, si les oliviers chantaient ou si le soleil de mars réchauffait la murmurante solitude des eaux marines. Mais ensuite, un déchirement, qui était celui de sa présente condition de châtiment, liée au souvenir des temps où il en allait autrement, l'emportait d'une manière si secrète, si subtile, comme si une tenaille eût pénétré à l'intérieur de son petit cerveau, dans le but de le détacher de son crâne. Elle se sentait emporter hors d'elle, de sa souffrance, et alors apparaissait cette petite voix froide, ce regard dur et malade, fort étrange chez une bestiole, et apparaissait aussi cette sombre ardeur à compter et à enterrer les misérables valeurs avec lesquelles on récompensait ses peines.

Mais suffit maintenant de raisonner sur des choses aussi poignantes, Lecteur. La nuit, sur Ocaña, de rouge s'est faite bleue ; la mer est calme ; une légère brise salée monte de la plage, et la peau rugueuse de notre Iguanette frissonne. Minuscule et solennelle dans son obscurité, la menue créature mutilée de l'espérance se dirige vers la maison, ou ce qui fut autrefois une maison pour elle. Tu croirais qu'elle pense qui sait quoi : détrompe-toi. En ce moment précis, elle pense seulement qu'elle n'a pas bien compté les pierres de sa dernière *mesata*. Il devait y en avoir trente (en attendant l'augmentation), mais elle a l'impression – elle était trop

98

préoccupée, dans l'après-midi, quand *o senhor* Hipolito les lui a comptées dans la main – d'en avoir reçu seulement vingt-neuf. Elle ira prendre, pense un peu, sa petite pelle, et déterrer son trésor, qu'elle comptera de nouveau, à la lumière d'un bout de chandelle.

Dans le sous-sol, jusqu'à ce moment, il n'avait pas été dit un mot qui permît au comte ébahi de saisir, au milieu de tant d'expressions d'un sérieux inspiré, ou de malice, ou simplement d'amusement, le fil conducteur de tout cela, une explication sur le plan logique. Le gîte de la petite servante se trouvait bénit (peu importait que ce fût ou non, d'ailleurs, par le ministère de son quasi-frère) par un archevêque étranger ; parmi les membres de la famille yankee, on eût dit que certains souffraient, que d'autres calculaient, que d'autres encore jouaient divinement de l'œil, et nous pensons à la gracieuse jeune fille ; tandis que d'après les expressions des Avaredo-Guzman, on se rendait clairement compte que le tout avait été concerté par eux, encore que le marquis, tantôt à l'acmé de la sérénité, tantôt de son angoisse revenue, avait tout l'air d'être entraîné plutôt que d'entraîner lui-même la moindre chose. Et même, ce furent précisément ses yeux, à un certain point interdits devant la malicieuse œillade de la fille, laquelle semblait dire : « Pardonne, mon amour, cette bouffonnerie, mais c'est un simple rituel indispensable à la paix de la vieille génération », qui éclairèrent l'hôte secret sur la nature de cette cérémonie, et la trame subtile de ces rapports.

Qu'elle fût sa « *novia* » à lui, c'était sereinement clair, et sans équivoque, comme il était déjà apparu au sujet de la cession et vente d'Ocaña, et de quelque chose ou quelqu'un qui représentait Ocaña. La maison et Ocaña même, changeant de gestion, indiquaient dans le marquis – outre que pour la gloire de ses nouvelles plumes, pour le regard de fée de la demoiselle – l'objet principal de si nombreux changements. Et que de la vieille gestion, et probablement de ses maux, les parents de la grande chérie se souciassent, qui pour l'élimination de tout résidu de faute, qui pour le total chiffré d'un tel ouvrage, ce n'était pas, aux yeux du comte, un motif de blâme. A coup sûr, la Perdita de la dédicace, ou quelqu'une de ses versions hybrides, qui avait habité ici avant l'Iguanette, et du culte qu'il lui avait voué Ilario s'était confessé à l'archevêque (mais alors, comment? et quand?), avait fourni à ce dernier un prétexte suffisant pour exiger réparation publique. Seulement, un doute demeurait pour le comte : que la dignité du marquis autorisât pareil gaspillage de son passé d'enfant, une sorte de démoustication spirituelle des lieux où il avait vécu, encore qu'avec quelque étrangeté, plus près des anges, et où seuls le sourire et le regret auraient à présent eu droit de s'arrêter un peu. Et il en conclut que le jeune homme était avant tout victime de sa belle-mère obsédée par l'idée de la jeunesse comme péché, et de l'animalité comme, nécessairement, absence du bien suprême de l'âme, tandis qu'à ce sujet le comte avait plus d'un doute, et des doutes fondés sur la considération que, le tout étant sorti d'un même cœur, probablement unique devait être la nature et la destination de tous les cœurs, rouges ou verts ou céruléens qu'ils fussent, et leur bonté. Non point qu'il en arrivât à l'absurdité de penser, comme possibles, des unions entre les différentes espèces : simplement il pensait possibles, entre les différentes espèces, un accord et un effort pour dépasser ensemble la terrestréité, ce que, sûrement, le Seigneur attendait de tous les vivants. Or, quelqu'un devait avoir soufflé, d'un bout à l'autre du gris océan, nouvelles et indiscrétions dignes de tous les blâmes sur les divagations passées du marquis, voire même sur la présence, en la demeure du jeune fiancé, d'une seconde pauvre petite bête, qui expiait les privilèges de la première! Et voilà qu'un vénérable prélat décolle des Caraïbes et vole jusqu'à Ocaña pour reconsacrer le lieu. C'est bien pourquoi, d'évidence, chaque nuit on éloignait la pauvre petite bête. Le comte se sentait fatigué, maintenant, car il lui semblait qu'il s'agissait là d'une histoire tourmentée du XVIIᵉ siècle espagnol, folle à notre époque si claire; et, certes, le corps endolori par sa position compliquée dans l'armoire, ayant désormais éclairci les équivoques, tout subtilement l'impatientait, et il se proposait d'aller dormir, de renvoyer au lendemain, avec le digne archevêque, une franche et cordiale discussion sur la nécessité pour l'Église d'abolir certaines méthodes intimidatrices (et sitôt après il voulait retourner à Milan), lorsque le couvercle de l'autre trappe se souleva, laissant apparaître, l'un après l'autre, deux pauvres petits pieds verts et desséchés.

XII

DADDO SORT DE LA TRAPPE

Encore des sous. Le rêve

La petite servante était au sommet de l'échelle. Et tels ceux qui, venant d'une semi-obscurité, ne retiennent qu'un éblouissement confus d'une soudaine lumière, ainsi avait-elle affronté, comme dans un rêve, la cuisine, et se penchait-elle légèrement sur l'échelle. D'évidence, même si elle soupçonnait des présences, elle ne voyait personne pour le moment.

Pour le comte cet instant fut si sérieux, qu'il ouvrit tout à fait la trappe, et au mépris de toute prudence il s'apprêta à descendre dans le local afin de détourner l'attention générale de la misérable créature; et pour les assistants l'effet de cette apparition de la petite servante fut si fort, que personne ne remarqua le comte qui était apparu en haut, et l'architecte de Milan resta assis là, sur le premier barreau, pour observer les événements. Nous dirons même que, en partie pour faire face à sa propre émotion, en partie par un geste mécanique, il ôta sa pipe de sa poche, mais ne l'alluma pas; et cette petite opération aussi passa inaperçue.

Il put vérifier, en ce moment précis, une ancienne observation sur les effets, fût-ce dans les circonstances les plus provocantes, d'une éducation exquise. Il vit sur tous les visages, et en particulier, parce qu'il se trouvait plus près, sur celui de son quasi-frère, une expression de cordialité et de paix, une espèce de tendresse affectée, remplacer les toutes récentes émotions; et bien dix-huit pupilles de la plus courtoise splendeur suivre l'incarnation renouvelée du Mal dans sa descente de l'échelle, et puis dans ses pas menus dirigés vers le coin qui lui était familier, où se cachait son argent. Mais c'est alors qu'une ombre très grande barra le passage à l'ignorante, et cette ombre appartenait au frère du fruste cuisinier, le taciturne Hipolito; lequel, à portée de main de la créature, la prit par surprise, comme un chat, par la peau du cou, et modula ces suavesifflantes paroles :

« Depuis quand, Iguanette, on entre sans frapper? Ou n'as-tu pas vu, peut-être, qu'il y a des messieurs et des dames ici? Malapprise, par-dessus le marché, mainte-nant, entre autres désagréments que tu nous causes?» et, tourné vers les hôtes : « Veuillez bien nous excuser!

– Oh, mais je vous en prie!» s'exclamèrent en chœur deux ou trois voix, et plus précisément celles de M. et Mme Hopins (tel, nous le verrons dans un instant, était leur nom).

« Mrs. Hopins est une âme très tendre, à ce que je vois, et Mr. Hopins aussi, intervint Felipe. Je puis pourtant assurer respectueusement les beaux-parents de notre frère que nos domestiques, autrefois, n'étaient pas à ce point malappris. Mais l'époque moderne a atteint aussi l'Océan, et les mœurs de la valetaille apparaissent fort relâchées.»

C'était clair, l'Iguane, à présent, comprenait tout. Avec ses petits yeux écarquillés et pleins d'une inimitié si absolue qu'une sorte de voile, une brume de fer, était descendue sur eux, elle paraissait observer toute la pièce et, en réalité, elle ne voyait rien. D'ailleurs, l'étreinte d'Hipolito ne s'était pas du tout desserrée.

« Laissez-la tranquille, don Hipolito ! » dit alors don Fidenzio, avec un petit rire velouté où le pauvre Lombard reconnut, en frissonnant, les manières mêmes de toute la *haute* * quand elle se trouvait dans l'embarras, en somme ces politesse et suavité qui n'avaient rien à voir avec l'absolution. « Jésus ne mentionne pas les animaux durant les épisodes de sa divine prédication, et il est hors de doute que l'éternité ne les concerne pas, puisqu'ils n'ont point d'âme... Néanmoins, il ne nous conseille pas non plus de leur faire du mal, dans la mesure où, si le Père céleste les a créés, ils doivent bien avoir une quelconque utilité... Sans doute la malheureuse était-elle venue chercher quelque repos... »

Il était tard, en effet, et cette raison s'ajoutant à d'autres, l'Iguanette semblait ne plus tenir debout.

Le comte n'avait d'yeux, d'ailleurs franchement rouges, que pour la fille et mère du Mal, ou qu'on soupçonnait telle, la plus chère à son cœur des petites iguanes, et il ne vit donc pas, ou n'en perçut que l'ombre, le sourire amusé sur les lèvres de la reine de cœur, et le désespoir, déguisé en sourire, du marquis : il en saisit, pour ainsi dire, précisément l'ombre, et devint encore plus mélancolique.

Cependant, la petite domestique noire, sur un ordre intimé par don Fidenzio davantage avec le regard qu'avec le sourire, au vrai déjà déclinant, s'approcha de l'Iguane et, avec une rude tendresse, d'animal domestique à animal sauvage, elle se mit à lui chercher la main... que l'Iguanette, comme soudain réveillée et irritée, repoussa d'une manière brusque, en agitant le museau.

« La voilà qui se met à mordre, à présent... », persifla Felipe.

C'est alors qu'à voix basse, Mrs. et Mr. Hopins commencèrent d'échanger certaines observations qui, à en juger

---

* En français dans le texte. (*N.d.T.*)

d'après le regard souriant et les voix plus que mielleuses, pouvaient concerner n'importe quel sujet, sauf l'Iguanette. En effet, levant les yeux vers l'archevêque, ils lui communiquèrent leur impression, à savoir que, «à vue de nez», le local correspondait bien aux exigences d'une vaste et moderne installation de chauffage, et que l'espace était suffisant «pour toutes les chaudières et tuyauteries». Naturellement, seul un bon architecte pourrait le confirmer.

Il y avait, en pareille réticence, comme en tout ce soudain renversement du sens de la scène, et des raisons mêmes qui les avaient poussés ici, quelque chose de si gauche et de si faux que Fidenzio soi-même en ressentit de l'embarras; mais, jouant le jeu, et entendant toutefois être clair, encore que point trop, il poursuivait en cela son objectif :

«Tout est possible, admit-il, à condition que Dieu le veuille et que le cœur le demande sincèrement. Il me semble, quant à moi, que la villa est, à présent, parfaitement habitable, dans le sens que monsieur et madame devinent, et, naturellement, dans la mesure où une excessive sensibilité des nouveaux hôtes ne compromet pas une si souhaitable conclusion.

– De grâce, Monseigneur, expliquez-vous mieux, interrompit, en pur yankee, Mr. Hopins. Vous ne connaissez pas ma femme : maintenant, elle est préoccupée.

– Je dis que la maison, grâce à Dieu, est *habitable* : repeinte de fond en comble, toute remise à neuf, et avec une niche consacrée à la Très Sainte Vierge, et toujours garnie de fleurs que les mains de Madame la Marquise cueilleront, il n'est pas douteux qu'elle apparaîtra riante, même; mais les ombres, elles, ne s'évanouiront *qu'avec le temps et la prière.*

– Je vous l'assure, *o senhor*, intervint alors Hipolito, en s'adressant presque avec rudesse, avec une sorte d'irritation ennuyée, à Mr. Hopins, les paroles de Monseigneur sont judicieuses, et ses scrupules l'honorent : pourtant, vous savez, la créature ne mérite pas une telle attention. Elle ne fit jamais vraiment du mal, et son air sombre, bien naturel chez ces êtres primordiaux, n'exclut pas qu'elle soit inoffensive. »

Don Fidenzio ravala une expression méprisante, d'où le comte comprit qu'à la *légende* de la maison, pour quelque raison insondable, il y tenait beaucoup, mais cette pensée ne le frappa que superficiellement, puisque avec une douleur passionnée, bien qu'il ne pût encore le croire, il lui semblait comprendre que la scène actuelle tournait non point autour de la lointaine Perdita, mais pour un motif qu'il voulait espérer sans gravité, autour de son Iguane. Et il ne voyait pas comment cela était possible.

« Bon... bon », répondit Mr. Hopins, en jetant un regard furtif et froid au petit être qui se trouvait là, tête basse, avec une espèce de lumière équivoque dans son sourire tourmenté. « Si c'est vous qui le dites... Moi je ne demande pas mieux... Maintenant, allons-nous-en, Helene... Mais qu'as-tu ? »

La question était opportune, car Mrs. Helene Hopins, comme si le comble de ses angoisses et terreurs de future belle-mère d'un lettré du genre malsain de don Ilario; de mère aimante que seule la divine autorité de l'Église pouvait persuader de l'horreur d'une contamination de sa descendance; comme si ce comble était atteint, et le calice entièrement vidé; et que son esprit ne résistait littéralement plus (ce qui était dû aussi à son effort pour supporter cette apparition jamais au grand jamais imaginée), Mrs. Helene Hopins manifesta les signes évidents d'une spectaculaire crise d'hystérie, dont les prodromes furent : un soudain et ultérieur allongement de toute la déjà longue personne; un bond en arrière du chapeau fleuri, et les yeux qui, en se

106

fermant tout à fait, n'avaient pas pu empêcher à temps
l'écoulement d'une mer de larmes, tandis que de la bouche,
auparavant serrée en un «mmmmmm» significatif, sortait
tout à coup un :
    «Assez! Assez! Emportez-la loin d'ici! Tuez-la!»
Et elle s'enroula dans les bras de Mr. Hopins et de sa très
gracieuse fille.

Aussitôt deux fortes, longues mains, et, cette fois, celles du
cuisinier Felipe, s'emparèrent de nouveau, par l'une de ses
minces épaules, de la personnification du Mal, ou petite
servante, ou Iguanette, laquelle, après un seul instant
d'incertitude, où ceux qui étaient près d'elle l'entendirent
grincer fort de ses deux dents, s'arracha au gentilhomme, et
s'enfuit. Et où s'enfuit-elle, Lecteur, sinon, comme la souris
terrifiée, dans le lieu le moins indiqué pour la protéger,
c'est-à-dire aux pieds de Segovia? Et celui-ci que fit-il,
sinon s'écarter d'à peine un centimètre, mais s'écarter, en
adressant un sourire médusé à la reine de cœur? La
fillette-bête fut de nouveau rattrapée par les mains de
Felipe, et de nouveau s'enfuit, et alla se cacher *en grondant*,
c'est le mot juste, ou peut-être en sanglotant, mais le
grondement était beaucoup plus évident, dans son coin,
l'encoignure des pierres autrement dit de l'argent, où
précisément Felipe la rattrapa encore, et un coup de pied
qui était lancé contre la bête mit en revanche au jour toutes
ses petites pierres, ou en découvrit une bonne partie, qu'au
crépuscule, entendant Felipe l'appeler, elle avait négligé
d'enterrer. Lesquelles s'éparpillèrent çà et là, alors qu'un
d'abord incertain et puis général éclat de rire concluait
l'extravagante scène.
Tandis que, aidée par son seigneur et domestique person-

nel, à savoir Mr. Hopins, Mrs. Hopins remontait l'échelle de la cuisine, suivie avec une certaine anxiété, qui semblait tout bonnement une envie de fuir, par le marquis et par don Fidenzio, il s'était formé un petit cercle autour de l'Iguanette, laquelle, d'abord préoccupée par cet encerclement, et puis complètement insoucieuse et comme prise de folie, commença, à genoux, de ramasser ses trésors. Chez la marquise et chez la domestique, dans leurs yeux juvéniles, il n'y avait guère d'amusement, mais dominait une compassion mal dissimulée, alors que embarras et dépit marquaient les visages assombris des deux Avaredo, et qu'on n'entendait plus rire mais seulement les sons secs qui sortaient de la poitrine de l'Iguane.

« Allons, Estrellita, à présent calme-toi! » résonna bientôt la voix basse et pourtant altérée d'Hipolito, voix où le comte perçut une nuance de pitié, qui lui donna quelque espérance pour son âme, « calme-toi, va au lit. Tu sais qu'il faut te tenir prête. Dans l'après-midi *o senhor* Cole viendra te prendre.

– Mais... observa Miss Hopins, elle croit que ce sont des sous? C'est étrange...

– Parce que la créature est étrange, *o senhora*, encore que pas le moins du monde méchante. Elle est très avide : elle n'arrêterait jamais d'accumuler... Elle a le délire des sous. »

Pourquoi donc le comte ne se levait-il pas de son barreau et ne descendait-il pas au milieu de l'assemblée, et ne prenait-il pas sa protégée par la main, c'était là un mystère que seule son affection pour l'Iguanette pouvait expliquer. Il était si fasciné par sa misère et sa solitude, par son horripilante intensité et son extravagance, par son irréelle et douloureuse réalité, comme par tous les ridicules et inconvenants mystères de la famille, la lâcheté (il fallait l'appeler par son nom) du Mendes-Marquis, l'autoritaire violence des frères, et, maintenant, en plus, par la découverte qu'était à jamais finie, à Ocaña, l'enfance d'Estrellita, qu'on venait la prendre demain, qu'elle serait précipitée dans un monde étranger, sans doute dans une propriété privée de petits messieurs de la côte; il s'était à tel point départi de son éternel calme, pour tous ces détails d'un monument du mal – mal comme manipulation de la stupidité et de l'innocence – qu'Ocaña élevait sous ses yeux invisibles, que – ne t'étonne pas, Lecteur, puisque c'était un homme – une douleur le prenait, semblable au sommeil. Et il ne revint à lui-même que lorsque le sous-sol fut redevenu noir, n'eût été le vert reflet de la lune qui tombait de la trappe. Et il y avait un si grand silence, qu'il ne craignit pas, en descendant, de déranger quiconque.

Aidé par ce rayon vert, il alla jusqu'au coin où se trouvait tapie l'Iguane, et il vit que la créature, pliée en deux contre le mur, une menue patte sur la tête, était immobile; et sa peur qu'elle ne pleurât disparut quand il se rendit compte que le « grr-grr » qui sortait de sa gorge n'était pas un pleur, mais la respiration nasale des enfants qui ont pleuré, et dorment maintenant. Un petit œil était fermé; l'autre, entrouvert et fixe, comme pour adresser un reproche à quelqu'un. Mais c'était une simple illusion d'optique du comte, parce qu'il ne comprenait plus.

Après être resté un bon moment à la contempler, avec une expression si forte, si interdite, qu'ils n'en avaient jamais vue de pareille sur son visage, ses chers amis de jeunesse, ni non plus les filles de mai; et après avoir rêvé un bon moment de la chambrette pleine de tapis, de raffinements, de jeux, qu'il aménagerait pour elle dans son palais de Milan (quant à la confier à des religieuses, il n'y songeait plus), et de la sérénité et de la fête de toute la vie de la bête mignonne, demain et toujours, Aleardo regagna de nouveau l'échelle, la trappe, sa chambre; il s'allongea sur le lit, tout habillé, et peu après, parce que cette fois il était vraiment fatigué, il s'endormit pour de bon.

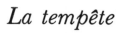

La tempête

XIII

SUR LA PLAGE

Les voix derrière le mur. Joué! Le bon chevalier

En se réveillant, il éprouva une sensation de froid, mais aussi de calme, typique du moment où de nombreuses années ont passé entre nous et une de nos âcres douleurs; il s'était si complètement revigoré dans la solitude de ces quelques heures précédant l'aube, que les vicissitudes de la veille et de la nuit apparaissaient maintenant à son esprit largement distanciées, au point de lui sembler (ainsi croyait-il) privées de leur poids. Il vit aussi, par la fenêtre restée ouverte (et c'était la cause de ce froid), que pendant la nuit, juste comme il l'avait prévu, il avait plu, et qu'il pleuvinait encore, si légèrement pourtant qu'on eût dit, par moments, qu'il s'agissait d'une simple humidité. Le ciel était couvert, mais haut, et donc point sombre, et il y avait dans l'air une luisance argentée, un je ne sais quoi de gris et de blanc, mais d'une tranquillité absolue : en un mot, le même air qu'on respire à Milan, quand l'hiver s'achève, entre l'humide et le vif, comme transpercé, dans sa paix, par une pensée. Et cela, joint à la banalité des voix qui parvenaient jusqu'à lui, à travers la cloison de la salle d'à côté, lui donna un sentiment presque ennuyeux de quiétude, comme si son voyage n'avait été marqué par rien de notable, et sur le moment il ne pensa qu'à l'heure où il rejoindrait la *Luisa* et déraperait l'ancre ; et il voyait la voile qui se gonfle, et les chères aiguilles du Dôme qui affleurent, et il souriait sereinement. Pourtant, peu à peu, ces voix l'intéressaient.

« Je vous dis qu'elle ne l'a pas fait exprès de venir, pauvre créature, quand nous étions là, disait la voix du marquis, et Mrs. Hopins ne l'a pas mal pris. Elle a simplement eu un grand mal de tête, à la suite de la cérémonie religieuse, et elle a souhaité regagner au plus vite le bateau.

– Continue à te faire des illusions, mon cher, sur l'ingénuité de ta belle-mère : elle en sait plus que le diable, et c'est, en outre, une femme de caractère. Je crois que tu te mets le doigt dans l'œil si tu supposes qu'elle remettra encore les pieds ici, objecta, sarcastique, la voix de Felipe, et ça, tu peux en remercier cette traînée.

– Je ne peux pas être d'accord avec ta définition, répondit le marquis d'une voix où tremblaient les larmes. Elle... elle n'a rien fait de mal, je vous l'ai déjà dit mille fois, simplement elle s'est prise d'affection pour moi ! Oh, si elle était restée auprès de ma mère, femme si forte ! Les faibles défigurent tout, parce qu'ils se servent de tout, voilà la vérité ; et les choses et les créatures utilisées, ils les repoussent après, avec une véritable haine, sans plus se soucier de leur destin. »

Suivit un silence qui parut au comte pétrifié, tout chargé de possibilités ; mais il n'en sortit que de frêles paroles :

HIPOLITO. *O senhor* Cole a promis d'être ici vers deux heures, s'il ne fait pas mauvais temps...

DON JERONIMO (car tel, maintenant, se présentait Ilario au comte), avec la même intensité. A elle, dites-lui qu'il s'agit d'une promenade... Qu'elle sera vite de retour à Ocaña... Si elle me demande, je suis occupé. Je ne veux pas la voir.

114

HIPOLITO. Don Fidenzio est un homme du monde. Selon moi, à cette heure, il a déjà persuadé la famille de ton innocence.

DON JERONIMO-ILARIO. Pour l'importance que j'y accorde...

FELIPE. Tu lui en accorderas, mon frère, tu lui en accorderas.

En vérité, après ces mots, on n'entendit plus rien. Le comte, au terme d'une déraisonnable attente, se leva, et s'occupa, assez superficiellement, de sa toilette. Il y avait parfois dans son âme des moments d'un vide, et, dirons-nous, d'un éloignement absolu. C'était là un de ces moments.

Peu de temps après, en entrant dans la salle, il vit qu'il n'y avait personne; et seuls un café et un pain, posés sur la table, manifestaient la distraite mémoire des Guzman pour l'hôte de Milan. Mais il ne toucha à rien, et, pensif, il sortit à l'air libre.

Il se promena, insoucieux de la bruine, le long de la plage, et, ne voyant, à part la *Luisa,* du reste éteinte, aucun autre signe de vie, il en éprouvait un réconfort indicible. C'est qu'avait pris place dans son âme, Lecteur, un sentiment qui n'était pas bon, un sentiment propre aux cœurs loyaux quand ils se rendent compte, ou croient se rendre compte, d'avoir été joués. On peut dire que la douleur pour la personnalité si double (à en juger d'après ce qu'il avait entendu) de l'Iguanette le blessait davantage que la psychologie embrouillée du marquis. Or donc, elle n'était pas une

115

aussi simple bestiole qu'il l'avait cru jusqu'à présent, et on pouvait même la comparer à une vraie, encore que déchue, créature humaine. Elle avait remplacé Perdita! La référence à la dame, qui avait élevé l'une et l'autre de ces créatures inférieures, parlait clair. «Comment ne m'en suis-je pas aperçu? Comment ne l'ai-je pas vu?» se disait-il. «Je suis donc un idiot? Un demeuré?» Oui, il s'adressait ces reproches, bien qu'une voix, dans le coin le plus raisonnable de son cœur, lui conseillât de ne pas s'irriter, dans la mesure où pareille cécité est compréhensible, et d'ailleurs seuls de grands philosophes et savants peuvent nous dire (et encore) où finit l'animal et où commence véritablement l'être humain : sans compter que de telles différences, avec l'épanouissement de la civilisation, ne cessent de s'atténuer, et l'on est incertain, parfois, si c'est en faveur de l'une ou de l'autre caste. A la fin, allant plus loin dans ce genre de raisonnements, le comte se sentait de nouveau calme, parvenu qu'il était à la considération, peut-être un peu arbitraire, qu'humain est tout ce qui peut se plaindre, et subhumain (ou animal) tout ce qui ne se soucie pas de cette plainte, ou même la provoque; et donc la seule chose à faire, en cette circonstance, pour ne pas courir le risque d'offenser l'humain, c'était d'accourir là où on entendait des plaintes, afin d'en extirper la cause, sans toutefois punir, mais plutôt secourir, ceux-là mêmes qui avaient produit cette cause, lesquels, ne se trouvant plus dans l'ordre, mais hors de l'ordre, et contre, pâtissaient sans nul doute eux-mêmes. Si l'Iguanette n'était pas tout à fait, ou n'était plus, une Iguanette, ce dont, en vérité, Aleardo avait eu quelque soupçon, et qu'on la pouvait peut-être attribuer à une évolution naturelle, pourquoi ne pas se réjouir? Et si, par contre, le marquis était dans le cas inverse, en somme s'il commençait à ne plus être non seulement marquis mais homme (toujours en raison de quelque phénomène naturel),

116

et on le voyait à sa façon de trembler, pourquoi ne pas l'aider ? D'évidence, ce n'était pas un méchant.

Comme pour lui en fournir une confirmation d'ailleurs désirée, la vue du jeune homme parut le persuader, au moins un court laps de temps : il venait vers lui de l'autre côté de la plage, un livre à la main, et avec un visage si doux et si joyeux, et dans les yeux quelque chose de si pur et si inspiré, que toute l'ancienne amitié qui s'était épanouie dans son cœur pour ce malheureux, tel un sourire, réapparut.

Et à ce point, Lecteur, nous ne pouvons plus te cacher ce que toi-même, avec ta sensibilité, tu auras deviné : que notre Aleardo, dans son noble aspect, son front ouvert et ses manières courtoises, et surtout dans son extraordinaire tendance au raisonnement, était lui-même fort peu sûr de soi, et comme dans le besoin d'une mère ou d'une amante ou d'un frère que la vie ne lui avait pas donnés, tout en lui réservant les apparences d'une limpide et festive fortune. Ce qui enfin le rendait, fût-ce au milieu des compagnies littéraires de Milan, à la fois si sincèrement dévoué et distant, c'était précisément cette sienne certitude d'être un néant, une conscience inhabitée, un nuage plein d'eau, qui bientôt disparaîtrait. Et seule sa grande éducation l'avait empêché, jusque-là, de s'en désoler, mais voici qu'à présent la subtile terreur de la vie était montée jusqu'à son visage, et le rendait désireux comme jamais d'une parole chère, d'un sourire, d'une de ces poignées de main qui inspirent l'espérance. C'est pourquoi il regardait, comme jamais ami ne regarda son ami, ou petit enfant sa mère, l'ineffable marquis.

Une telle espérance fut de courte durée, car, le jeune homme s'étant approché, le comte lut une autre expression, parmi celles que nous avons indiquées, plus profonde, tantôt égale à la fausseté, tantôt à la mort, tantôt à une nausée de soi sans remède. Et son sourire même (celui du comte) ne s'éteignit pas, non pas vraiment, mais il n'y avait plus,

117

dedans, ni paix, ni espérance, rien qu'un ébahissement poli.

« Tu es ici, Daddo ? » dit le marquis, après lui avoir tendu, très superficiellement (comme si en réalité il ne le voyait même pas), la main. Et sans ajouter : « J'espère que tu as bien dormi », ou d'autres phrases de convenances, ni s'apercevoir de la muette mélancolie du comte, mais plutôt comme si autour d'eux ni la plage, ni la pluvieuse aurore, ni aucun autre fait du réel n'existait, il poursuivit, ouvrant le volume à une page qui apparaissait très tourmentée par son ongle fragile :

« Écoute, je te prie, ces vers du Commandeur Jorge Manrique, pour la mort de son père, le Maître de Santiago, et dis-moi si Dieu même ne met pas de telles paroles sur notre route, quand nous nous trouvons à une croisée des chemins, et que le cœur est saturé d'interrogations. J'ai trouvé ce livre, par pur hasard, dans la cuisine, sous l'évier, je croyais l'avoir perdu... » Et, en regardant le comte avec la tristesse de celui qui sait, sans que cela lui parût vraiment possible, qu'il est au courant de tous ses maux, et peut le comprendre ; le regardant d'une manière folle, comme s'il attendait de lui vie et grâce, il lut :

Dans sa ville d'Ocaña
vint la mort frapper
à sa porte,
disant : « Bon chevalier
quittez ce monde trompeur
et ses biens,
que votre cœur d'acier
montre sa force indomptée
dans le trépas.
Et puisque vie et santé
vous étaient de peu

pour votre renommée,
que la vertu vous donne le cœur
de subir cet outrage
qui vous appelle.
Qu'elle ne vous semble pas trop amère
l'épouvantable bataille
que vous attendez,
car une vie bien plus longue
par si glorieuse renommée
ici-bas laissez.
Si la vie de l'honneur,
pas même elle, n'est éternelle et vraie
elle sera toujours,
malgré tout, bien meilleure
que l'autre, la temporelle
périssable...

Tandis que Segovia disait ces vers, son visage, tout en restant le même enchevêtrement de fausseté, de déchirement et d'humiliation, semblait, comme déjà la veille au soir sur le balcon, lentement s'évanouir et se dissoudre sous d'autres visages identiques, mais tous plus jeunes, lumineux et purs les uns que les autres, et si dénués de tous ces signes de déchéance, et même du trouble sortilège d'une nuit de lune, qu'on pouvait les comparer au visage d'un ange. Et il apparut clairement à l'ami, alors qu'il se demandait ce qui, dans ces vers, lui donnait ce doux tourment, il apparut clairement ce qu'avait été la beauté spirituelle du marquis, avant que la sourde vieillesse, conséquence de la peur, ne s'emparât de lui, et qu'à une humaine faiblesse fît pendant le désir de n'en pas payer l'écot. Raison pour quoi :
« Comment as-tu dit ? fit-il, et ses yeux étaient devenus rouges, je n'ai pas bien compris, excuse-moi. Ce chevalier fut invité, à quoi donc ?

— Je te relis le passage », répondit sans hésiter le marquis ; mais comme, en récitant, il avait ôté son index du livre, à présent il ne trouvait plus la page, et il y avait dans sa face inclinée je ne sais quelle tension, comme s'il perdait la mémoire, tandis que le vent du matin déplaçait sur son front quelques longs fils blancs. Tandis qu'il redevenait vieux, il s'exprima ainsi, à voix basse :

« En somme, ce chevalier qui était fondamentalement un homme droit, mais se trouvait à une croisée des chemins, dans le sens où était venu pour lui le temps de prendre congé de la vie, qu'encore il désirait, fut sollicité par Mort pour mettre un terme à la question, en la suivant, elle, amoureusement, plutôt que la vie, qui désormais n'avait plus besoin de lui. »

A ces mots, les larmes montaient aux yeux du jeune homme.

XIV

DADDO DRESSE L'OREILLE

Brève invitation à la liberté. Définition du diabolique

Alors que tantôt il écoutait ces paroles, tantôt pas, distrait tantôt par la pitié de ces blonds cheveux et de ce visage mort, tantôt par la nuageuse douceur du ciel, tantôt – mais sans presque s'en rendre compte – par une demi-silhouette qu'il voyait souquer dans une petite barque vers la plage, et c'était don Fidenzio, Daddo retrouvait en lui la primitive et quasi sombre douceur du vrai Lombard, que nous avons rencontrée au début de cette histoire : une sévère et presque stupide simplicité du cœur, qui ne pose pas de questions à Dieu, mais attend des ordres, qu'il exécute avec une enfantine diligence; et en lui levait à nouveau cette passion de père et de fils dévoué qu'il portait à tout, comme si chaque créature avait été depuis toujours confiée à ses forces, et que sur chacune il devait se pencher pour protéger, veiller. C'est pourquoi, prenant dans sa senestre ce livre de poèmes, il se trouva que de l'autre main il avait serré le bras fluet du marquis, et lui demandait d'une voix basse, et néanmoins ferme et empreinte d'une calme bonté :

« Sans doute suis-je indiscret; en ce cas, pardonne ma grossièreté, qui naît d'une franche exigence : en quoi puis-je t'être utile, cher ? Je n'ai pas honte de citer ici les choses que je possède, dans la mesure où elle ne sont pas à moi, mais octroyées comme un prêt d'en haut : volonté, santé, ma maigre instruction même, et les biens que m'a laissés mon père, et l'estime dont je jouis dans ma patrie; je mets tout à ta disposition, si en échange j'obtiens ce qui t'angoisse. Peut-être me fais-je des illusions : mais je crois que tu es né libre, et que tel tu peux redevenir. »

Comme hors de lui, encore que suavement, le marquis répondit :

« Libre! Qu'est-ce à dire ? Une liberté peut-elle venir de l'extérieur ? Peut-elle n'être pas le fruit d'une violence exercée sur notre désir de vie confortable et sûre ? Peut-elle se concilier avec l'idéal d'une vie allégée de responsabilités, quand ces responsabilités furent par nous-mêmes librement assumées ?

– Peut-être pas librement, là est la question, répondit le comte qui le fixait au front, pensif. Certaines responsabilités, on peut les assumer, telles des dettes, sans pour autant connaître leur prix. Et, là, il ne serait pas juste de laisser le débiteur périr pour n'être point solvable. Je ne veux, cher, rien affirmer d'autre.

– Oh, si toutes les dettes du monde, celles des autres mondes aussi, et pas rien qu'*une*, étaient sur mes épaules! » cria presque le marquis.

Simplement, mais aussi sur le mode sec des Lombards, le comte demanda :

« Laquelle, Ilario ? Je t'en prie : laquelle ?

– Ça, ce n'est pas possible! fit le lettré dans un sourire convulsif.

– Pourquoi ? » demanda avec douleur le comte, tandis que ce sourire enlaidi lui confirmait les dégâts qu'une liberté sans freins, conséquence de l'ignorance du droit d'autrui, avait provoqués dans cette âme, la poussant à un désespoir

122

incompréhensible sinon. Et il se disait aussi, avec douleur, que peut-être sa propre amitié était un vide bavardage.

« Pourquoi... eh bien, parce que c'est comme ça », répondit encore le marquis, de la même façon, moins infantile cependant, que l'Iguane.

Ils se promenèrent quelques minutes sans parler.

Le comte, comme il lui était arrivé de rares fois, était hors de lui, en proie à une colère aussi silencieuse que vive; et tantôt il envisageait de dire à Segovia tout ce qu'il savait de lui, tantôt de le supplier encore; tantôt de le saluer avec froideur et de repartir immédiatement; différentes voix s'élevaient de son âme, telles des colombes d'un nid menacé, le priant de revenir en arrière. Mais Aleardo ne les regardait pas. Dans cet état d'esprit, il distingua soudain la nouvelle barque, à laquelle il n'avait pas prêté attention, alors qu'approchait de la plage et en sortait, dans les éclairs nacrés de la mer, noir, rouge, mais peu souriant, le protégé de la comtesse aïeule.

Le jeune homme aussi l'avait vu.

Son visage était devenu plus blanc que l'air.

A la pénible rougeur de cette face, et à je ne sais quoi dans les yeux de don Fidenzio, présageant des nouveautés peu sereines, il lui avait semblé comprendre que la rupture si redoutée et néanmoins désirée de ses fiançailles était chose faite, et on eût dit – quand de tout son cœur il approuvait – que de chacune de ses veines son sang fuyait. Dans le même temps, il était tourmenté par une autre préoccupation, perçante comme une épée portée au rouge; de quelle façon justifier aux yeux de son ami l'arrivée du prélat, et plus précisément qualifier un rapport qui, à commencer par le salut même, se révélerait tout autre qu'imprévu. Et sous le regard même d'Aleardo, qui avait compris, et s'inquiétait pour lui, il décida ce que d'habitude décide le malheureux : ignorer le danger, tant qu'il ne lui tomberait pas dessus. Par chance, c'est précisément la présence d'Aleardo qui détourna, au moins momentanément, pareil péril de sa pauvre tête ; car le prélat, levant les yeux sur le couple, sans hésiter reconnut dans le jeune homme le plus grand et habillé de façon moderne, le neveu point trop chéri de celle qui avait été une mère pour lui ; et comme son âme, désormais depuis des années et des années, était troublée par des voix intérieures qui lui adressaient des reproches pour ses trafics, croyant percevoir en cela, plus qu'une réalité, une vision purificatrice et remplie d'avertissements envoyée à lui par la dame cômasque, il resta un long moment comme en extase, le temps nécessaire au jeune insulaire pour se ressaisir, et pour accompagner, en un mélange de terreur et de remords, mais aussi avec une ancienne froideur, le comte derrière un tertre humide de la plage, où l'eau grise laissait entrevoir sur le fond limpide des cailloux bleus et verts. Daddo, avec pitié, le fixait.

« Quand tu seras loin d'ici, reprit le marquis, et il s'était courbé, afin de cacher aussi sa violente émotion et le tremblement de ses mains, pour ramasser un galet bleu, et il le regardait à présent, quand tu seras loin d'ici, Daddo, ne me juge pas. Je te l'ai déjà dit : les îles cachent souvent une grande misère, mais pas toute volontaire et ignoble. » Il regardait le caillou azuré, comme sur le point de pleurer, et le comte ne put s'empêcher d'associer cette pierre lisse et plate à toutes les autres collectionnées par l'infortunée petite servante de l'île, autrement dit l'Iguane ; et il comprenait, sans toutefois comprendre, pourquoi elles étaient si chères à la bestiole. « Tu pars bientôt ? » continua Ilario, qui maintenant avait tout l'air de Jeronimo, comme pour s'armer de courage, au moins dans la voix.

124

Aleardo n'écoutait presque pas. Puis il saisit la question, et comme tombant des nues, il répondit :
« Je crois... Sur le tard.
– Alors, prends cette pierre. Je n'ai rien d'autre à te donner, en mémoire de moi. »

Aleardo prit la pierre; et tandis qu'il ouvrait son portefeuille pour l'y serrer, il vit, du coin de l'œil, sur le fond gris de la mer, réapparaître don Fidenzio avec des gestes d'ahuri. Et cela, qui sait pourquoi, le ramenant à son enfance, le reconduisit à Milan, et à ses enseignements célestes sur la nécessité de l'action; alors, voyant avec soudaine honte tout le temps qu'il avait perdu en préliminaires sur la façon d'extirper une angoisse, qu'il allait presque jusqu'à envisager de respecter, d'un coup devenu froid et sec, il rejeta la pierre à la mer, et dit :

« Tu n'es pas mort, et moi je n'ai pas besoin de te plaindre, puisque je t'aime. C'est pourquoi, cher, écoute-moi : il faut que je te fasse une proposition. »

Plissant à peine le front, don Ilario-Jeronimo avait suivi le vol de la pierre retombant dans l'eau et, à ce qu'il parut au comte, non sans un dépit qui contrastait avec toutes ses précédentes affirmations, comme si se plaindre lui était en réalité plus précieux que son rêve même de libération. Détail qui n'échappa point au comte, mais qu'il voulut attribuer à cette affection que les malheureux conçoivent, à la longue, pour leur ruine même, ce qui enflamma encore plus sa solidarité.

« Nous avons déjà parlé, poursuivit-il en posant une main sur le bras du jeune homme, de l'état de l'édition lombarde. Je ne veux pas me prononcer sur sa valeur effective, ou pas : je sais qu'elle est action et, comme telle, stimulateur de vie, et de ces responsabilités qui – elles seules! – font d'un garçon un homme. Viens donc à Milan, mon cher : pars aujourd'hui même avec moi : tu trouveras non pas un peu

125

mais beaucoup à faire, avec ta culture et ta sensibilité. Et s'il y a des chagrins et des remords, dans ton cœur, la société des autres t'apprendra que nous en avons tous; et, peu à peu, l'action même, qui est généreusement purificatrice, et la possibilité d'être bienfaisant avec les autres, t'octroiera la patience indispensable pour supporter de telles fautes (si fautes il y eut).»

Ainsi que le jour d'avant, quand ils se trouvaient à table, le marquis, se contractant tout entier, comme s'il avait une puce à une épaule, balbutia :

« Je te l'ai déjà dit, et à contrecœur je le répète : pour moi il est tard, très tard, je crains.»

Et il regardait, hors de lui, la demi-silhouette du monseigneur.

Le comte aussi la regardait, mais sans en avoir l'air et surtout – car il savait tout de lui, depuis son enfance jusqu'à ce qui était maintenant ses plus récents programmes – sans intérêt. C'est pourquoi, avec une voix à peine fêlée, mais aussi la supplication obstinée des croyants, il reprit :

« J'ai de l'argent, à bord, même trop, vraiment, pour mes besoins, et je te serai reconnaissant si tu m'aides à m'en défaire. Un jour ou l'autre, j'y réussirai tout seul; mais à présent, je t'en prie, à peine pourrais-tu l'envisager, acceptes-en une bonne partie en guise d'avance... Cela t'aidera.

– Avance... de quoi?» demanda le malheureux marquis, ne pouvant détourner son regard, qui s'était fait vitreux, de don Fidenzio, lequel, marchant sur les cailloux et relevant légèrement sa robe afin que l'eau ne la mouillât pas, de plus en plus s'approchait.

«Sur tes poèmes... tu le sais, répondit le comte.

– Ah, si je pouvais croire que j'avais écrit je ne dis pas un poème, mais une seule ligne qui présentât quoi que ce soit de valable pour l'histoire du Portugal, maintenant je mourrais heureux, fut la réponse du jeune homme. Pourtant voilà, après des années d'une si glorieuse illusion, ce ne sont pas mes livres qui se trouvent sur le marché, mais moi-même... Je suis moi-même en vente! » fut presque un cri, qui lui sortit de la gorge.

Le comte, avec une honte indicible, identique chaque fois qu'il tombait sur des créatures liées et incapables de se délier, honte non d'elles, mais bien de lui qui était libre, eut du mal à parler, et puis, avec un calme dont il ne savait pas lui-même d'où il venait :

« Je vois que la mer n'est pas belle, ce matin, et montre une espèce d'inquiétude. Je vais donc aller maintenant à bord pour prendre ce que je t'ai dit. Toi, mon cher, réfléchis, s'il te plaît, à ce que je t'ai proposé, car, si tu es d'accord, nous partirons à deux heures. En tout cas, prépare-moi un exemplaire correct de tes œuvres, et une procuration qui m'autorise à agir en ton nom. Va, cher enfant, ne tarde pas davantage.

— Et toi, répondit troublé le marquis, tu me promets de n'écouter ni voix ni apparence qui aille contre moi, contre ma pauvre vie? Parfois, j'ai l'impression que même les ombres prennent corps, et que le vent aussi porte un chapeau de prêtre. Mais pas moi, non, ce n'est pas moi qui suis le diable.

— Ni toi, ni d'autres, mais seule l'immodérée capacité d'achat », répliqua comme en lui-même le comte, ajoutant ensuite à voix plus haute : « Je te le promets »; et, tandis que le jeune homme s'éloignait en courant, avec quelque chose de déchiré et d'effrayé qui incitait beaucoup à la pitié, il se

prit à répéter ainsi qu'en un rêve ces vers du Commandeur
Jorge Manrique :

> Qu'elle ne vous semble pas trop amère
> l'épouvantable bataille
> . . . .
> car une vie bien plus longue
> par si glorieuse renommée...

Pendant ce temps, l'éberlué don Fidenzio approchait, et à
la fin il s'écria :
« C'est vous, cher Aleardo ? C'est monsieur le... c'est toi,
mon garçon béni de Dieu ? Et moi qui croyais à une
hallucination... Comment va la comtesse mère ? »
Mais :

> Dans sa ville d'Ocaña
> . . . .
> Bon chevalier
> quittez ce monde trompeur
> et ses biens...

était ce que le comte entendait distinctement, mêlé au son
plus vif de la mer, et où la voix du prêtre tintait avec, dans
son hilarité, quelque chose de désespéré. Jamais le comte
n'avait entendu paroles plus hautes, comme un qui a passé
son existence entière en cherchant à se rappeler une ariette
angélique, qui lui rende son premier amour ou qui sait quoi.
Et maintenant il l'avait au fond de lui. Si forte était son
émotion, qu'il ne put ajouter un sourire à cette sérieuse et
intense expression de son visage, et, passant à côté du prélat,
le fixant comme si à sa place il n'y eût qu'un peu d'écume et
de vent, il se dirigea vers sa propre barque, en détacha les
rames, souqua vers la pleine mer.

XV

PETITE ÉTOILE

Le bonheur. La chute. Les pauvres feintes

Abandonnons un moment les deux Lombards, l'un occupé
à diriger sa barque sur l'infinie pâleur de la mer, vers la peu
distante *Luisa*, et l'autre à se demander dans un soudain
désarroi si celui qu'il a vu est homme ou fantôme – et
pourquoi don Ilario s'est enfui – et à soupçonner tantôt l'un,
tantôt l'autre, tantôt son propre esprit, arrivant à accuser,
encore que de mauvais gré, sa propre cupidité; et rejoignons,
courtois Lecteur, la cause première de tous ces dilemmes,
Estrellita des Caraïbes, la malheureuse petite servante de
l'Ile, au moment précis où elle reprend conscience – plutôt
trouble – de soi et du monde, dans le coin sombre que nous
connaissons.

Dès avant que de rouvrir ses petits yeux, et de se rendre
compte qu'elle s'est endormie la tête appuyée au mur, se
remet en branle dans la fille du mal le cercle compliqué de sa
terreur.
Ce dernier, ô Lecteur, comprend une série de cercles,

129

auxquels tu peux aussi bien donner le nom de jours, de mois, ou disons d'années, composés d'un vide absolu. Mais le plus éloigné de ces cercles, bien blafard désormais, est un simple rayon de soleil d'octobre, où la tête angélique du marquis, alors presque un enfant, a la gravité et la bénignité d'un dieu, pour ne pas dire d'un homme. Là-bas, certains rayons qui partent de l'inépuisable azur de ses yeux disent à l'Iguanette qu'elle, l'Iguanette, est très chère au marquis, qu'elle est une partie de son âme, qu'elle appartient désormais à l'humaine famille, et qu'elle ne devra donc plus ramper et mourir. L'Iguanette, élevée de sa condition animale précisément par ce qu'en elle voit, ou croit voir, le marquis, n'est plus une Iguanette, un triste petit corps vert, mais une aimable et ravissante fillette de l'homme. Le marquis se promène avec elle sur la plage, en lui donnant le bras, exactement comme à une minuscule dame jolie, et approche la tête de son fin museau, l'appelant plusieurs fois « ma petite étoile ». L'Iguanette ne se sent plus d'orgueil et d'aise. Elle ne s'est jamais regardée dans un miroir, depuis qu'elle est née, mais peu importe : elle sait qu'elle est belle, maintenant, très belle, et, comme toute fille de l'homme, elle en est heureuse. Chaque chose qu'elle fait, chacun de ses pas, chacun de ses coups d'œil, le moindre de ses gestes inconscients, semble plus agréable au marquis que le printemps même ou qu'une couronne royale.

A cette époque-là, les frères n'existent pas; il n'existe que le marquis, c'est-à-dire son papa, ou quelque chose de plus, que dans sa stupidité absolue l'Iguanette n'arrive pas à cataloguer, mais qui s'appelle douceur, et espérance de se transformer pour toujours en une élégante petite étoile. Et cela parce que le marquis lui a promis qu'un jour, quand elle sera grande, il l'emmènera au paradis, un endroit immense, au-delà de la mer, où il la présentera comme son épouse, et tous l'honoreront, et il y aura pour elle « un bonheur tel, que tu ne peux pas même l'imaginer ».

« Mais moi, papa, je n'ai besoin de rien d'autre, je vous assure, fait en riant l'Iguanette, qui éprouve une étrange joie à prononcer ces mots, que le marquis semble beaucoup apprécier.

– Tu verras que j'ai raison. Laisse faire ton papa, qui sait tout...

– Oui... oui, papa.»

A cette époque-là, le cœur de l'Iguanette est chaud et sombre, telle une graine cachée sous bonne terre. Elle sait que, dans peu de temps, il s'ouvrira en une belle fleur d'azur, et, qui plus est, éternelle, et ainsi n'est-elle pas pressée; seulement, chacun de ses pas, de ses regards, de ses mots, fût-elle endormie, est une louange, une action de grâce passionnée au papa des papas, au marquis des marquis :

« Toi qui m'as fait naître...»
« Pour qui je suis vivante...»
« Qui es si gracieux et si savant...»
« Qui m'emmèneras au paradis, demain...»
« Et moi je verrai ta gloire...»
« Moi, ta petite servante...»

Nous n'avons fait que sommairement allusion à ce qu'avait été, jusqu'à deux ans plus tôt, le rapport Segovia-Iguanette; *plus tôt*, c'est-à-dire avant que le noble Portugais ne tombât malade.

Après quoi, dans le désert où se trouve sa petite servante, et d'où elle ne peut plus l'appeler ni se faire entendre, seule la voix de ce jour-là résonne, lorsque, assis sous le grand chêne, alors que ses frères dormaient, le marquis l'appela et dit :

« Maintenant, entre toi et moi, Iguanette, les choses ont changé. Je te prie de te montrer le moins possible devant moi. Tu m'as assez fait de mal comme ça.

— Moi ? » dit l'Iguanette. Et elle rit en pensant à une blague.

« Et qui donc ? dit le marquis. Moi, peut-être ?

— Quel mal ? dit l'Iguanette sans comprendre.

— J'ai vieilli. Je vais mourir.

— Papa », crie l'Iguanette, qui, de temps en temps, dans les moments où elle est encore moins intelligente que d'habitude, s'adresse au marquis avec ce vocable, « papa, vous n'êtes pas vieux, vous, vous ne pouvez mourir.

— Eh bien si, au contraire, et c'est ton œuvre. Ta bestialité, ton néant substantiel, m'ont soustrait à toutes les merveilles et à toutes les joies auxquelles j'étais voué de par ma naissance, beauté, génie, distinction. Je me suis perdu avec toi, qui ne possèdes rien. A présent va-t'en, traînée.

— Moi... qu'avez-vous dit, papa ?

— Tu fais semblant de ne pas comprendre... Menteuse par-dessus le marché.

— Moi, papa, je ne dis pas de mensonge, je ne sais pas ce que vous voulez dire, fait l'Iguanette, d'une voix à peine audible, et en s'agenouillant devant le jeune seigneur.

— Et ne m'appelle pas papa, car je n'ai jamais été le papa de personne, ça ne presse pas, heureusement. Et lâche mes basques, je ne te connais pas, et tu m'ennuies.

— Oui, papa. »

L'enfer, pour l'Iguanette (et, dirons-nous en hâte, pour le marquis, lui qui avait pitié de l'Iguanette et n'avait pas prononcé ces mots sans une horrible souffrance, mais se trouvait contraint d'en agir ainsi après une lettre arrivée de

Merida), avait commencé précisément ce jour-là, et ce n'était hélas pas une expérience à quoi la bête était préparée. Elle tomba malade. Du temps passa. Et quand on vint l'appeler, ce fut pour lui remettre le seau du puits, et lui dire (c'étaient les frères de Segovia qui parlaient) que le marquis allait mal, et désirait qu'aucun *étranger* à la famille ne lui adressât la parole; qu'ils avaient insensiblement glissé dans la misère, durant leur maladie à tous les deux, et qu'il fallait faire des économies à présent, et qu'elle aussi se rendît utile. Bizarrement, ils ricanaient en disant ces choses, les deux Guzman, comme si ce n'était pas vrai, ou bien qu'ils avaient plaisir à les dire de la sorte. Ils firent disparaître les coquettes petites robes roses et bleues, que le marquis lui-même, dans son infinie bonté, avait ajustées pour elle, quand il l'aimait, et ils lui remirent des chiffons de cuisine. La fenêtre du sous-sol, qui était auparavant un très beau local où l'Iguanette allait jouer, avait été murée, comme le supposait le comte, afin de remédier à l'absence de vitres, et le lieu abandonné à la bête, tandis que la chambre de l'Iguanette se voyait destinée aux hôtes. Pour l'Iguanette, il n'y avait plus eu ni soleil, ni mer, ni matin, ni soir, mais seulement un éternel crépuscule, où la dernière conversation avec celui qu'elle appelait « papa » retentissait toujours plus claire et terrible. Mais le pire était arrivé le jour où elle avait trouvé dans le sous-sol un morceau de miroir, déposé là exprès par quelqu'un, plus précisément par Felipe, et qu'en se regardant la créature avait contemplé avec une stupeur infinie son museau et son frêle corps vert. Elle était toute verte et laide, un vrai serpent, sans nul doute son papa ne le lui avait jamais dit par délicatesse, ou qui sait pourquoi. Mais d'évidence elle était très différente de lui et de sa famille, et au paradis, dans ces conditions, elle ne pouvait aller. Elle resta quelques instants toute concentrée sur cette pensée, que pour elle c'était fini, qu'elle n'irait plus au

133

paradis; puis, justement parce qu'elle ne savait pas raisonner, à cause de son âge, et qu'en outre c'était une Iguane, elle se prit à rire. Et c'est à ce moment-là qu'a commencé ce que ces messieurs nommaient sa « mauvaiseté ».

Peu à peu, un certain calme s'était produit dans la morte créature, et, maintenant, elle n'invoquait plus le nom de celui par qui tout le mal, mais aussi tout le bien possible, lui était venu, et, comme nature commande en pareil cas, elle était sourdement devenue méchante. Elle avait commencé à murmurer de vilains mots à part soi, à l'adresse d'Hipolito, quand celui-ci la réprimandait pour quelque chose qu'elle avait mal fait. Ne pouvant souffrir Felipe, et le sourire méchant avec lequel il la regardait, elle tenta à plusieurs reprises de lui faire peur : elle surgissait, quand le jeune homme s'y attendait le moins, de derrière une porte ou de sous une table, en poussant une abominable plainte. Elle faisait tout de travers et mal, un peu parce qu'elle en faisait vraiment trop pour ses petites pattes, un peu par provocation. Elle avait effilé une langue si coupante, que Felipe, un jour, en hurlant, menaça de la lui couper, et Hipolito se mit à l'appeler démon. Pas le moins du monde effrayée, celle qui avait été un jour distinguée du nom d'Estrellita, ou « petite étoile », ayant atteint des sommets de vulgarité, représenta aux proches parents du marquis que, pour ses peines, elle désirait des sous en dédommagement, pas moins de trente *centavos* par mois; et les frères, après avoir fait semblant d'hésiter, condescendirent à les lui donner sous la forme de certaines pierres plates, que le marquis en personne, et parfois en pleurant, recueillait dans ses promenades le long de la mer. Et c'était la raison pour quoi elles étaient chères à la petite servante, qui, par ailleurs, ne manquait pas, dans son ignorance, d'attribuer à ces pierres une certaine valeur.

Les choses en étaient là, lorsque, un mois avant que le

134

comte Aleardo ne débarquât à Ocaña, avait jeté l'ancre le bateau de celle qui était l'involontaire cause de tout, et devait emporter avec elle maintenant le vrai trésor de l'Iguanette, c'est-à-dire son papa. A partir des mots entendus çà et là (la bête avait pris l'habitude, en vérité répréhensible, d'espionner), de certains éclats lumineux passant dans le visage du jeune homme, et de certains regards victorieux des Guzman, qui s'efforçaient toutefois de lui cacher les événements, allant jusqu'à l'enfermer, à la nuit tombée, dans le poulailler, afin qu'elle n'entendît rien, la créature avait compris que son âme, et donc sa vie, étaient sur le point d'appareiller pour quitter définitivement Ocaña, et qu'elle était perdue. Alors, cette attitude désagréable, la grossièreté, les vilains mots, les impolitesses, la langue coupante, toutes les réactions d'une créature blessée, mais non pas définitivement privée de l'espérance, avaient tout d'un coup cessé. La bête semblait vieillie, elle ne tenait réellement pas sur ses petites pattes, ni n'avait la force à rien. Dans son esprit, un grondement continu :

« Mon papa s'en va... s'en va loin... la mer... »

Elle n'éprouvait aucune colère contre l'épousée, car ce genre d'amour ne la concernait pas, et maintenant, n'ayant d'autre espérance que d'attendrir ce cœur tant aimé, elle accentuait, si c'était encore possible, son état de misère, avec de petites feintes que nous n'avons pas envie de lui reprocher : comme se bander tantôt une patte, tantôt l'autre (c'est ainsi qu'au puits le comte avait été trompé!), ou attraper une quinte de toux qui la pliait en quatre, quand son trésor passait, etc., mais, hélas, tout était toujours inutile. Jamais le marquis ne s'apercevait de sa présence, jamais les frères n'avaient d'autres réactions que le reproche ou le gros rire, même si de temps à autre, par pur oubli, ou quand le marquis lisait quelqu'une de ses pages, ils acceptaient qu'elle restât avec la famille, dans la même

pièce. C'en était vraiment fini pour notre diabolique Iguanette, et à présent, bien qu'elle s'efforçât de garder son
calme, quelque chose lui faisait réellement mal, et beaucoup;
il lui semblait qu'une pierre très grande lui avait été
appliquée sur la poitrine, et de toutes ses forces elle voulait
crier :

« Papa! Aide-moi, mon papa!» mais sa voix ne sortait
plus de sa gorge. Vraiment comme si elle était morte, et l'île
tout à fait inhabitée.

XVI

DADDO À LA CROISÉE DES CHEMINS

« *Même la mer finit.* » *La gaieté de Salvato*

Se réveillant, après une minute de néant, elle se rappela cela, et ce qu'elle avait vu au cours de la nuit, et qu'ils partiraient tous dans l'après-midi. Le silence était si profond qu'on pouvait penser que la nuit n'était pas passée; mais ensuite, s'habituant à l'obscurité, la créature distingua, tout là-haut, par l'ouverture qui menait à la cuisine, une lumière grise, et elle comprit que le dernier jour avait commencé. Elle éclata en un grand pleur, qui aussitôt se calma. Dans sa petite tête, il lui était venu une image (nous n'osons pas dire une idée, dans la mesure où elle en avait bien peu), qui avait pour effet de briser ce pleur, et de redonner à son âmelette bestiale une lueur de fiévreuse espérance. S'étant levée, elle alla toute courbatue dans le coin où se trouvaient ses paquets, les rassembla et les sous qui avaient été renversés par le coup de pied de Felipe avec, et commença à renfermer rapidement le tout dans un large fichu rouge. Elle n'oublia pas l'écharpe du comte, ni l'amer morceau de miroir (car toujours un petit bout de femme, fût-ce la plus laide, est attachée à un ustensile de ce genre), faisant de la totalité un gros paquet. Enfin, elle se donna un petit coup de peigne, qu'elle replaça ensuite dans la poche de son tablier; elle s'enveloppa la tête d'un autre fichu, puis, retenant son souffle et tous les battements de son cœur vert, qui semblait vouloir éclater, elle remonta (après avoir tant et plus tendu l'oreille) dans la cuisine.

De là, elle s'apprêtait à sortir sur le pré tout vaporisé d'une bruine argentée, et du pré elle voulait rejoindre, avec son balluchon, certaine barque élégante que nous savons, pour aller où nous ne pouvons dire, mais une vilaine surprise l'attendait.

Elle sentit deux mains froides comme neige lui empoigner ses frêles épaules, alors que devant elle une énorme figure sombre hurlait :

« Ne vous acharnez pas, par pitié, don Ilario! Cela ne vous ressemblerait pas!

– Papa! Papa! », s'écria l'Iguanette, reconnaissant son idole en celui qui la menaçait.

Après quoi, une véritable tempête de coups s'abattit sur sa tête, devant et derrière, sur la nuque et sur le museau, et le ciel même criait :

« Ôtez-la de ma vue, si vous ne voulez pas que je la tue. Ma vie est finie, et c'est à cette idiote que je le dois, à cette crétine! Ah, pourquoi n'est-elle pas morte de scarlatine, comme tant d'autres! Pourquoi sa mère ne l'a-t-elle pas étranglée au maillot, au lieu de la langer! Pourquoi ai-je dû, précisément moi, la recueillir, lui donner à manger et l'habiller ainsi qu'une noble fille! Attrape donc, voleuse, traînée, fainéante... »

Et il ne faut pas que le Lecteur courtois s'étonne; car c'était vraiment là, lorsqu'il se trouvait dans l'intimité de sa famille et que personne ne le regardait, le langage de notre lettré. Don Fidenzio, qui était présent, et dont il avait interprété l'apparition comme un message de mauvais augure, annonciateur des fiançailles annulées, c'était désor-

138

mais comme s'il n'existait plus, en cette heure de désespérance.

Quant à la créature, elle avait laissé tomber son paquet, et, les menottes sur le museau, se défendait un peu; mais bien vite il se fit noir pour elle, et elle roula sur l'herbe dans une plainte lamentable.

Ne t'attriste pas, noble Lecteur, pour de tels faits parce que, comme dit le Poète de notre chère terre, tout passe :

même la mer finit

et même, avec le temps, la douleur d'une Iguanette passera. Et d'autant moins dois-tu t'indigner contre le malheureux qui ainsi agissait sous le poids de la douleur qu'un homme jeune, et néanmoins brisé, ressent lorsque émigrent ses dernières espérances d'une situation satisfaisante dans la société. Mais au fond, les espérances de don Ilario étaient-elles définitivement anéanties? Et don Fidenzio ne se serait-il pas plutôt embarqué, à l'aube, pour l'île, seulement pour se hâter de communiquer au noble insulaire le pardon de sa belle-mère? Et sa mélancolie ne serait-elle pas due, par hasard, à l'échec d'une machination trop poussée du prélat?

C'est ce que nous verrons, et, en définitive, souhaitons... Mais en attendant, n'oublions pas le jeune architecte lombard, le fils médiocrement intelligent de la comtesse Aleardi, venu ici pour acheter de la terre en vue de spéculations, et qui, dirait-on, a tout oublié, ou du moins tourne ses pensées d'un tout autre côté. Courbé sur les rames de la *Luisina,* dans la rare lumière du nouveau jour, il vogue vers la pleine mer, insoucieux du froid subtil et du sombre aspect du monde.

Une fois monté dans la *Luisina,* et ramant en direction de la *Luisa,* le comte se trouva dans un état d'esprit si étrange, qu'il ne s'étonna pas de percevoir dans l'air mouillé cette odeur caractéristique de pain chaud et de café, et jusqu'au ferraillement des trams qu'à Milan on entend à cinq heures du matin. Toute son âme était dans la plaine lombarde, ou plutôt la bonne plaine l'avait rejoint télépathiquement. D'un côté, il continuait à entendre en lui, forte et presque joyeuse, la voix du Commandeur, qui lui montrait des ciels jamais vus au cours de ses nombreux voyages d'homme haut placé; d'un autre côté, l'amour de sa patrie était soudain si fort qu'il le poussait presque à pleurer. « D'ici quelques jours, je serai là-bas », se disait-il comme saisi d'ivresse (rien, en réalité, ne pouvant faire obstacle à ce retour tout à fait prévu); et il se voyait rouvrant la porte du bureau, et les deux jeunes filles qu'il aimait bien venaient à sa rencontre, un sourire aux lèvres; par ailleurs, il se disait : « Et avec ça ? Que ferais-je là-bas ? Je vieillirai! Côme, Bellagio! Des croisières chaque année; en automne, les amis! Adelchi! Des promenades dans la via Manzoni, en pensant aux Îles! Et, pendant ce temps, des innocents se dégradent, dans les Îles, meurent! Ils m'appellent, et moi je ne suis pas avec eux! Je *parle* d'eux. Et c'est *cela* que je nomme le bien; cela, pour moi, c'est servir mon frère! » Clairs comme dans une vieille

estampe, se découpaient au milieu des nuages de l'aube la via Bigli, l'église tant aimée, San Fedele, et tous ces bras verts de la via Manzoni, et il éprouvait une joie à en défaillir; mais, simultanément, il sentait un cri, une mélancolie de son être, comme si tout, dans la région du sang, souffrait d'abandonner cette misère et ces leurres si hautement suppliants. Et, plus bouleversée que tout, se présentait à ses yeux l'Iguane, lui disant ce mot jamais reçu de sa vie, et qui de tous lui paraissait le plus cher : « Papa ! papa ! », qui, à l'instar de la via Bigli et de la Piazzetta, mais peut-être encore davantage, le charmait. Et il ne voulait pas se rappeler ce qu'il avait entendu peu auparavant, de la bouche de Felipe, sur la double nature de la bestiole. Sa condition de mort, justement, l'obligeait.

Et voilà qu'au sortir de cet étourdissement, ou peut-être précisément à cause de son état d'âme, il lui parut que pendant la nuit la *Luisa* s'était éloignée, pour ne pas dire que l'île d'Ocaña s'était éloignée de la *Luisa*, chose moins probable. La distance était au moins dix fois plus grande que la veille au matin, et déjà le comte s'irritait contre Salvato, et pensait lui adresser quelques reproches, qui, du reste, eussent bien été utiles à son propre esprit aussi, pour s'arracher à sa ténébreuse tendresse et à de si magiques impressions printanières, lorsqu'il lui parut que l'ombre projetée sur la mer par la *Luisa*, avec l'aide d'un pâle cercle d'argent qui sortait à moitié de derrière une colonne de fumée gris rosé, longue sur l'horizon figé, et c'était le soleil, que cette ombre apparaissait plus grande de beaucoup. Il se demandait déjà, avec un pincement au cœur, ce qui arrivait, quand sa triste paix revint, encore qu'obombrée de surprise, car il avait reconnu, derrière la *Luisa*, la mâture d'un autre bateau, le vénézuélien castel naval des Hopins, entrevu de nuit dans la rade. Il était calme, immobile, et l'on pouvait facilement en déduire qu'une fois écourtée, pour quelque raison, la visite des Hopins à Ocaña, et une fois renoncé au secret du voyage, ils s'apprêtaient à repartir : avec le marquis, ou sans, c'était encore à décider.

Comme un présage de son prochain départ aussi, ce fait le réconforta, bien que se prolongeât en lui cette nouvelle incertitude, œuvre de la chanson du Commandeur.

Il trouva Salvato dans la cambuse, qui se préparait un café fort et avait sur le visage quelque chose d'inhabituellement vif et gai, comme si, pendant son absence, il ne s'était pas ennuyé un instant, bien au contraire, et que la nuit, porteuse de désarroi et de douleur pour le comte, s'était écoulée pour lui en de fort agréables distractions. A la demande s'il y avait du nouveau, il répondit « rien », non sans cligner de l'œil vers l'autre bateau, et de l'air de n'attendre qu'une question pour se soulager d'une nuée de confidences; mais le comte, sans lui prêter attention, comme le voulait son cœur fermé, se rendit dans sa cabine, dont les bois et les cuivres s'éclairaient faiblement à la lumière fumeuse du soleil qui entrait par le hublot ouvert; et là, en premier lieu, il prit un pistolet, pour le cas où il y aurait des difficultés dans l'exécution de sa démarche. Il rassembla ensuite tout l'argent qu'il avait à sa disposition, en en faisant, ainsi qu'il avait vu faire à la créature, trois paquets, deux grands et un petit. Il y avait, en tout, six cent mille *pesetas* et deux cent cinquante mille *escudos,* moins que ce qu'il supposait, mais il se promettait de remplir aussi quelques chèques. Alors qu'il fouillait nerveusement dans un tiroir, pour voir s'il restait encore quelques autres piécettes, sa main tomba sur l'émeraude de la comtesse mère, et aussitôt il la prit, tout joyeux, en pensant à qui il pouvait la donner; et l'image de celle que déjà son cœur avait élue le fit amèrement sourire. Il ajouta donc l'émeraude au plus gros des paquets. Et cela – si le Lecteur devait s'étonner – était bien le moins que le comte pouvait faire pour calmer son appréhension, et je ne sais quel remords, au sujet de la créature qu'il craignait fort de devoir abandonner. Déjà, il imaginait l'ébahissement de la *menina,* à la vue d'argent véritable et d'un aussi fantastique joyau qu'avant de partir il lui aurait remis, et un faible sourire lui venait aux lèvres, barré d'un pli dur qui par contre montait de son cœur, et se trouvait là, figé, depuis la nuit précédente.

Il revint sur le pont, à la recherche de Salvato, afin de lui donner ses instructions pour le départ qui devait avoir lieu à quatorze heures environ, et il l'aperçut qui échangeait des saluts, d'une voix basse et passionnée, avec quelqu'un qui était à bord du proche bateau, tout penché sur la muraille, et qui se révéla être la petite domestique nègre des Hopins. Les deux riaient si follement que, pendant un instant, le jeune homme se prit à formuler une pensée qui le blessa, et ne lui était jamais venue de sa vie, ou, si elle lui était venue, elle ne l'avait pas dérangé : que ces deux-là riaient de sa simplicité.

Il était derrière Salvato, quand celui-ci, voyant dans les yeux de sa voisine africaine d'en face une soudaine gravité, fit volte-face et découvrit, à deux pas et tout assombri, le comte. C'est alors que se présenta, à côté de la domestique, un sujet, Lecteur, fort peu agréable : un petit homme sur les cinquante ans, au visage jaune encore qu'absolument sain, vêtu de noir et le crâne complètement pelé. Ce dernier, en voyant le comte, salua, presque en manière de plaisanterie, d'un grand coup de casquette qu'il tenait dans sa main droite.

« *O senhor* Cole... Je viens tout de suite, monsieur le comte », fit Salvato embarrassé. Et avec un salut très approximatif à ces deux âmes, il précéda le comte dans la cambuse où, pendant ce temps-là, le café s'était largement répandu.

XVII

SALVATO SAIT

Où le ciel se clôt. L'évacuation

« Tu ne t'es pas ennuyé, à ce que je vois... mais je ne t'en fais pas reproche... Merci », dit le comte, tandis que Salvato, extrêmement confus, s'apprêtait à lui tendre ce qui restait de la boisson.

A ce moment-là, Salvato, qui jusqu'alors avait exercé un grand effort sur lui-même afin de montrer une tête contrite et pas offensante pour la pénible taciturnité de son maître, à nouveau éclata de rire, tout en n'étant pas indifférent à la douleur qu'il éprouverait une fois licencié (ce dont il se sentait on ne peut plus sûr). Il riait donc avec une appréhension et, dirions-nous, une angoisse, qui rendirent le comte soucieux plutôt qu'indigné. D'ailleurs, à lui-même, bien des fois, avec Adelchi et pour un rien, il lui était arrivé de s'abandonner au rire comme ça, et il avait même l'impression que son esprit avait toujours été infiniment gai, jusqu'au jour précédent, à une heure. Ainsi ne dit-il rien, et il se limita à regarder les pieds du matelot.

« Monsieur le comte peut bien me licencier, dit à la fin celui-ci, en essuyant les larmes qui coulaient en abondance de ses yeux, sur le revers bleu de sa manche, je ne lui donne pas tort, je l'approuve même. Pourtant, comprenez-moi. Il n'y a pas de quoi sourire pour ce que mes oreilles ont entendu, mais seulement de quoi rire et rire à en crever. »

Et sans attendre un mot du comte, détournant même un peu la face vers le hublot afin que ses grimaces ne le blessent pas davantage, il rapporta par le menu, en s'arrêtant de temps en temps pour rire de nouveau, tout ce que Ketty (ainsi s'appelait la domestique des Hopins) lui avait confié au sujet du mariage Segovia-Hopins projeté par don Fidenzio, à cause, expliqua-t-il, du titre du futur et d'une ancienne amitié entre don Fidenzio et la génitrice du lettré, qui lui avait recommandé son fils avant de mourir : mariage combattu, bien qu'intensément désiré – par une contradiction typique de *parvenu* * – justement par Hopins mère en personne, car tout le monde savait que, dans l'île, le marquis avait eu, et, semble-t-il, avait encore, une « flamme ». Cette « flamme », hélas (le comte écoutait avec une douloureuse attention), était une bête, autrefois chère à la famille du jeune homme, mais enfin une bête, et stupide, en plus, comme le démon.

Chaque fois qu'il prononçait le mot « bête », Salvato ne pouvait s'empêcher, et le comte le voyait bien, d'avaler quelque chose, pour refréner, eût-on dit, un éclat plus irrésistible d'hilarité, à croire qu'un tel mot n'était qu'un terme commode pour représenter une plus profonde et innommable réalité; alors, une âpre douleur, comme si une vérité du monde, jusqu'alors cachée à lui, se manifestait ce matin-là au milieu d'obscènes représentations de mimes, saisit le comte, qui passa une main sur son front; et puis, relevant d'un coup son visage aux traits tirés, il dit :

« Une bête – qu'entends-tu par là ?

* En français dans le texte. *(N.d.T.)*

145

– Monsieur le comte le sait.

– Non, je n'en sais rien. »

Le comte, éprouvant une mortelle faiblesse, n'ajouta pas ce qui en d'autres moments lui eût été facile, il ne dit pas « parle ». Il y avait en lui, à présent, une véritable terreur d'être informé, car il lui paraissait confusément qu'on était en train d'abuser de quelqu'un ici, et lui il se sentait vaguement parmi les principaux tenants de l'abus. Ainsi, malgré une fraîche, une morte matinée, il transpirait.

« Non que la créature en question ne soit une bête... c'est une bête comme nous le sommes tous, pardonnez-moi, monsieur le comte, poursuivit, entre respect et embarras, le subordonné qui avait repris un peu de son sérieux, mais c'est une bête pour un autre fait aussi, qui, cette fois, est grave... et j'ai l'impression que monsieur le comte, si instruit, devrait saisir... »

Et soudain, comme se rendant compte pour la première fois des limites mentales de cet homme si riche et si estimé, et presque d'une faiblesse d'enfant, jamais soupçonnée, il se tut tout à fait, respectueusement cette fois.

« C'est bon... On repart à deux heures, Salvato », dit peu après le comte.

Il se leva, donna quelques instructions; et il était encore sur le pont, quand il se retourna :

« Ce type... *o senhor* Cole, il se trouvait sur le bateau? Alors quand est-il arrivé? Que fait-il ici?

– Il y a une demi-heure qu'il est arrivé, monsieur le comte, de la côte, par ses propres moyens. C'est un impresario, ou quelque chose comme ça... mais il achète et vend de tout.

– Et pourquoi n'est-il pas descendu à terre?

– Il devait attendre que le marquis s'embarque, avant. Mais à présent on ne sait pas si le marquis va s'embarquer... Encore que... Tout va s'arranger, je vous le dis. Déjà don

146

Fidenzio s'est précipité à Ocaña, et c'était l'aube. Il a l'air désolé...

– Pourquoi ? demanda distraitement le comte.

– En confidence, je vais vous dire ce que j'ai appris : don Fidenzio voudrait l'acheter lui, l'île, pour en faire un centre de méditation et, disons-le, d'agrément. Mais Miss Hopins aime énormément cette île, et ainsi l'unique moyen était de jouer sur les superstitions de la belle-mère. Cependant, le mariage, après l'incident de cette nuit, risque de s'en aller à vau-l'eau, et le prêtre semble épouvanté... Il voudrait ménager la chèvre et le chou... mais il ne le dit pas. C'est ainsi qu'à présent il s'entretient dans l'île avec le jeune monsieur, et ce pauvre *senhor* Cole ne sait quoi faire...

– Il ne sait pas quoi faire... », répéta le comte, après avoir sourdement écouté. Il avait déjà mis un pied sur l'échelle, quand il se retourna, et donna de nouvelles instructions, d'une façon distraite, tout en observant l'autre bateau. Sur le haut pont doré, était sortie la belle créature qu'il avait vue, la nuit, visiter le sous-sol ; et elle le fixait avec, dans son gracieux minois, un sourire intelligent et assuré, comme si, ayant été informée par sa domestique, elle avait attendu qu'il se présentât et demandât à lui parler.

Mais c'est précisément cette délicieuse apparition, dans la lumière gris-or du nouveau jour, qui révéla soudain au comte combien un entretien (auquel il n'eût pas été défavorable quelques minutes auparavant) était absolument inutile. Comme en un éclair, il vit que la jeune fille, à part sa puissance économique édifiée sur la ruine des Guzman, et qui, avec les noces, revenait aux Guzman, était vraiment ce qu'il fallait à la psychologie flétrie et bouleversée du marquis pour se refaire ; et que Segovia, à part le fait qu'en se mariant il rentrait en possession des biens maternels, et qu'il ne lui fallait donc aucune aide, ce n'est pas tant de Milan qu'il avait besoin, fût-il resté pauvre, mais de cette forte fille, et que son destin n'avait pas été, et jamais ne serait, la littérature, mais une exploitation agricole aux équipements modernes, et des joies de mari et de propriétaire. Il vit que le mariage se ferait, et qu'Ocaña serait cédée, pour ne plus troubler les jeunes époux, au clairvoyant archevêque. De sa fille malade seule, l'indigente Iguanette, il ne réussissait à voir clairement le sort, s'il ne s'en occupait pas lui-même, et au plus vite.

« Je prévois... excuse... léger retard... », dit-il, en un laborieux bredouillement, celui que nous lui connaissons, celui des heures de peine, à l'adresse de Salvato.

Lequel – et par la suite il s'étonna beaucoup de ces paroles – lui répondit presque douloureusement, comme si le bateau était rentré au port depuis des années, et que le comte en était très loin :

« Dieu... Dieu vous bénisse, monsieur le comte. Vous avez été un père pour moi. Et... merci pour tout!

– De rien, mon cher », répondit le comte avec son habituelle courtoisie, mais presque inexpressive, en descendant dans la *Luisina*. Et sur son visage s'était répandue, et désormais immobilisée, une gravité mélancolique.

Au reste, le ciel et la mer aussi, après une vaine tentative de soleil, s'étaient comme scellés et faits profondément mélancoliques.

Jamais plus, s'il avait pu penser à quelque chose qui ne fût pas l'île d'Ocaña, si son esprit s'était rappelé un calendrier, le comte n'aurait cru qu'au-delà de ce ciel et de cette mer si figés, si blêmes, flambât le printemps. Plutôt qu'au printemps, il aurait pensé à une première paix automnale, quand l'incendie du ciel a disparu en une nuit, après grande lune; et que le lendemain il fait froid et sombre. Il ne faisait, en vérité, ni vraiment froid ni vraiment sombre, de façon absolue, bien au contraire ; mais cet air piquant qui suit les premières pluies, et ce ciel plus semblable au fond de scène d'un théâtre où l'on ne joue plus rien, qu'à une voûte d'air. Comme des vêtements de voile, déchirés par le temps et par quelque maladie qui aurait affligé leur propriétaire, des milliers de formes pendaient aux crochets du ciel, dont les tons prédominants étaient le gris et le jaune, mêlés à la couleur de la tourterelle, avec quelques festons de vert. Dans la mer, par contre, il n'y avait aucune lumière, sauf, vers le lointain horizon, un reflet de plomb. Près du rivage, où le comte voguait, elle était brune comme la terre. Les rames entraient et sortaient de l'eau avec peine, et, en sortant, elles luisaient faiblement, pour refléter sur le bois mouillé cette incertaine obscurité, ce jaunissement. L'île, tandis que la barque accostait, paraissait maintenant tout à fait inhabitée, n'eussent été les chênes, inquiétés par un invisible vent, qui de rouges étaient devenus noirs, et puis, par moments, rouges encore, comme s'ils étaient en train de brûler.

Des voix, qui provenaient de gens cachés par une élévation de la plage, et qui se mêlèrent ensuite à une chanson canaille, faisaient, dans leur ton plus que joyeux, effronté, un étrange contraste avec cette noble et douce agonie de la terre et du ciel. C'étaient les frères Avaredo, qui, quelques instants plus tard, apparurent aux yeux du comte occupés à attacher avec des cordes un meuble que l'immensité de l'horizon rendait petit comme une boîte d'allumettes, et qu'il reconnut ensuite, grâce à une porte ornée d'un long miroir où se reflétait la mer oblique, pour être une armoire. Sur la plage, sous les chênes, se trouvaient déjà, liées avec une ficelle, quatre chaises et la table de la salle à manger. Dans le miroir, mer et ciel se reflétant, l'une sombre comme fer et l'autre plus clair, semblait s'ouvrir une grande lumière, qui procura une soudaine sérénité au comte :

« Ils... ils s'en vont; donc, tout s'est arrangé », se dit en lui-même le jeune homme.

Et ce qui avait pu s'arranger, n'était pas, d'un point de vue strictement logique, très évaluable; mais le comte, nous l'avons déjà dit, était fort distrait ce matin-là, et il agissait comme quelqu'un qui – à l'instar de la mer – arrive à chaque seconde de grandes distances.

Passant avec sa barque devant les frères, il ne les vit pas, ou on ne le vit pas. C'est pourquoi, une fois descendu de la *Luisina* et après avoir poussé son embarcation où l'eau était basse, il avança sur la plage, en direction de la maison, sans être remarqué.

Arrivé devant la bâtisse, et comme il levait les yeux vers la tourelle de la bibliothèque, voyant une lumière allumée, il en déduisit que le marquis, occupé à recopier ou à corriger les manuscrits, ne souhaitait pas être dérangé, et il résolut donc de se rendre d'abord aux cuisines, à la recherche de l'Iguane, afin d'avoir avec elle une tentative d'explication au sujet du mystère qui était clair pour tout le monde, sauf pour lui, et aussi une idée de ce que la petite servante aurait préféré : le suivre à Milan dans l'après-midi (selon son vœu à lui le plus cher), ou accepter que lui, Daddo, restât dans l'île à son service à elle – tant la chanson de Manrique avait travaillé dans le cœur de l'homme. Mais là, il ne vit pas l'Iguane. Les assiettes et les tasses du petit déjeuner, encore sales dans l'évier, disaient que la petite servante, qui soupçonnait probablement quelque chose, n'avait pas fait son devoir, et il pensa qu'elle restait, offensée et soucieuse, enfermée dans son sous-sol. Il alla donc vers la trappe, l'ouvrit, et descendit; mais la lumière de la pile, balayant autour de lui, ne trouva qu'un ordre encore plus misérable que d'habitude, et rendu angoissant du fait que ces sacs qui servaient de grabat, tout au fond, avaient été enlevés, s'entassaient maintenant sous l'échelle comme, à la mort de quelqu'un, sont débarrassés et mis de côté matelas et draps. L'argent aussi, bien deux sachets, était au pied de l'échelle, autour du fichu qui les avait contenus, avec l'air d'avoir été jeté d'en haut par l'ouverture, tel un fardeau soudain trop encombrant, et cela lui sembla de mauvais augure. Si le lit avait été enlevé, et qu'en même temps les économies n'avaient pas été prélevées, cela pouvait signifier qu'était arrivé un ordre d'évacuation si subit que la créature avait abandonné ses biens sur place.

 Comme oppressé, et se reprochant d'avoir perdu tant de temps en paroles vaines, troublé aussi par sa timidité nouvelle devant la créature, qui pourtant lui était chère, il voulait l'appeler, et tout ensemble avait peur. A la fin, il cria :

« Iguane! Iguane! »

XVIII

UNE ÉTRANGE IGUANE

L'entretien. « *La Vierge ne veut pas!* » *Dans la salle*

Rien ne lui répondit, si ce n'est que, un instant après, il lui parut entendre un bruit étouffé provenant d'en haut, en somme de la trappe qui correspondait à l'armoire de sa propre chambre, le même bruit de pleurs, les *não não* qui l'avaient blessé la veille; il grimpa, avec un juste pressentiment, il la vit.

Mais elle n'avait pas l'air effrayé, elle était tranquille. Avec un fichu autour de la tête et plusieurs fois roulé autour du cou, un immense balai gris entre ses menottes, qu'elle traînait, ténébreuse, à travers la chambre de l'hôte, sans nettoyer, le comte le vit clairement, quoi que ce soit, et salissant plutôt, comme par dépit. Et dans ses petits yeux, maintenant secs, il y avait une étrange fixité.

La première impulsion du comte fut d'aller près d'elle et de l'embrasser, en lui disant ce que pour elle il entendait faire, que dorénavant elle pouvait le considérer comme son serviteur et son papa, et qu'elle porterait son nom et aurait tout son argent; et puis, à la mieux observer, quelque chose l'en empêcha; il eut l'impression, à voir le gros fichu, ses manières indolentes, cette façon de traîner le balai, par dépit, salissant plus que nettoyant, que la créature était en train de songer à obtenir par quelque tromperie ce qu'il lui aurait spontanément donné, en suscitant sa compassion avec de pauvres procédés. A un autre moment, cela l'aurait fait rire, mais à présent (alors qu'il méditait justement sur le moyen de la rééduquer, et de la tirer de sa déjà notable corruption) il se raidit, et :

« Écoute, tu fais plus de poussière qu'autre chose, dit-il. Peut-on savoir qui t'a appris à balayer ainsi ? Mieux vaut t'en abstenir. »

Et la voix qui disait ces mots était froide et impersonnelle, mais les yeux fixaient la créature avec quelque chose de bizarre, de timide.

L'Iguane, comme font les domestiques fatigués ou les enfants irrités, fit mine de l'ignorer, et elle continua de traîner les balayures à sa façon incertaine et désordonnée, çà et là ; alors, le comte s'approcha d'elle et lui ôta le balai de ses petites mains ; mieux, il le lança loin d'elle, en lui disant d'une voix tremblante que plus jamais elle ne devait toucher une chose pareille. Comme il ne supportait pas son regard fixe et fasciné, et voulait la réveiller, il la prit par une épaule, et l'accompagna près de la table. Là, il déposa ses petits paquets d'argent véritable, et il ouvrit le plus grand où était l'émeraude. Il vit dans les yeux de la bête un scintillement, une douceur, qui disparurent aussitôt, mais lui firent comprendre combien la valeur monétaire ne lui était pas tout à fait inconnue, et que de cela aussi il fallait la soigner. Mais, pour l'heure, il voulait la voir sourire.

« Prends-les, allons, courage ! » et il lui guidait insensiblement la menotte, surpris qu'elle fût si froide.

« C'est pour moi ? fit l'Iguane.

— Bien sûr.

— La pierre aussi ?

— Tout. »

Après une brève hésitation, elle prit le tout, dans ses mains en coupe, et déposa le « cadeau » dans une poche déchirée de son tablier. Mais, contrairement au précédent matin, elle ne se confondit pas en ces : « Merci... merci! » et « *Não para mim... não para mim...* », qui avaient apporté tant de douceur au comte. Il semblait, oui, cette fois, qu'il avait mis dans sa main une poignée de sable.

« Tu es contente? Avec ça, tu pourras t'acheter... »

Il était sur le point d'ajouter quelque chose, quand, dans un mouvement que fit le petit être, le fichu s'ouvrit et le comte vit que le cou de la créature (un cou, à la vérité, grêle et gris) présentait de vilaines marques, et cela en particulier et sa fatigue hébétée, lui firent penser que quelque chose de sérieux était arrivé pendant son absence; alors, posant en hâte l'autre paquet, qu'il avait déjà défait, il mit une main sur la tête de la créature, mais celle-ci, comme toute dolente, se déroba, et elle avait fermé un œil, tandis que de l'autre elle regardait vers le haut, mais pas vers le comte.

« Qu'as-tu? On peut savoir? Tu t'es fait mal? » demanda anxieusement Aleardo.

Point de réponse. Puis un :

« Je suis enrhumée, *o senhor* », mensonge évident qui n'était corrigé que par son absurdité, typique des enfants, si inaccessibles, jusqu'à un certain âge, au sens du ridicule.

« Iguane », dit le comte (il ne voulait pas l'appeler par son nom, éprouvant je ne sais quelle honte à cela, et il y avait dans ses yeux une touche d'amertume, d'imploration), « pourquoi mens-tu continuellement? pourquoi... »; et il s'arrêta, il n'arrivait pas à poursuivre, car la question qu'il avait formulée dans son esprit était : « Pourquoi te comportes-tu comme un démon? », mais quelque chose, une tristesse passionnée qui gisait en lui, l'empêchait de donner vie à cette lamentation philosophique (laquelle, d'ailleurs, ne se présenta jamais plus). Et il se tut; et voyant que la mer, découpée par la fenêtre, paraissait encore plus muette, il ajouta faiblement :

« Dis-moi : viendrais-tu avec moi ? »

– Où... *o senhor* ?

– Le marquis et moi nous nous sommes mis d'accord », mentit le comte pour la deuxième fois dans sa vie, mais sans qu'il en souffrît, dans l'espoir de voir sourire la petite servante, « je t'emmènerai avec moi, aujourd'hui à deux heures. Tu ne serviras plus personne, c'est moi qui te servirai toi : tu comprends ? » et ce disant, ne sachant plus comment poursuivre, tant – par je ne sais quel mystère caché dans tout cela – il sentit ses yeux se remplir de larmes, il baissa le front. Il vit, dans ce geste, comme d'une profondeur infinie, la bête le fixer, et son regard était encore celui, intense et grave, égaré et suave, qu'il avait aperçu, la nuit, dans le poulailler. Comme si elle était suprêmement intéressée par tout autre chose, mais que par orgueil ou ressentiment infantile elle ne pouvait le montrer, elle se taisait, et, en attendant, ses petits yeux ne cessaient de fixer le monsieur ami. Et voici qu'elle se mit à dire :

« Je vais en enfer ?

– Qu'est-ce que tu dis ? » Aleardo n'avait pas compris.

« Je dis : je vais en enfer, si je *muoro, o senhor* ?

– Ni enfer ni paradis », fit avec une soudaine froideur le comte, voulant amener la discussion sur sa condition, « puisque tu n'as pas d'âme ».

Un autre silence, où l'Iguane bougea légèrement le cou, comme si c'était là qu'elle avait mal.

« Le marquis », fit-elle après un moment, mais d'une voix si ténue qu'elle semblait fêlée, qu'elle semblait sur le point de se briser, « va au paradis, aujourd'hui, après manger. Il va sur le bateau, et là, après beaucoup d'eau, il y a le ciel avec la très sainte Vierge, et toutes les constellations. Là, moi je ne peux pas aller. La Vierge ne veut pas.

155

– La Vierge! L'Amérique, tu veux dire », allait répondre le comte avec amertume, mais il se tut, voyant que l'œil de l'Iguanette devenait de plus en plus étrange, et nous disons l'œil parce qu'il n'y en avait qu'un, le gauche (l'autre était baissé), qui se levait, se levait dans la sclérotique avec une sorte de terrible intensité. En même temps, ce mot « contellations » que la bête ne pouvait avoir lu nulle part, lui rappelant la fortuite découverte de la dédicace, rouvrit dans son esprit ce passage déjà fermé, et à la façon d'un éclair illumina encore une si vertigineuse obscurité, le laissant ensuite dans le noir, mais avec une plus âcre tristesse. Raison pour quoi :

« Qui... qui t'a dit ça? » demanda-t-il douloureusement, car il avait l'impression en cet instant que, brisé, le monde entier de la chrétienté se précipitait dans les abîmes.

Il y eut, de la part de la créature, un autre léger mouvement du cou, comme si quelque chose lui faisait mal, précisément là; alors, il lui sembla percevoir dans ce mouvement, et dans son regard, qui toujours restait irréel, un signe de pas très bon augure, et, voulant sortir de tant d'incertitude, il implora encore une réponse :

« Qui... qui t'a dit ça, Iguanette? »

Mais la créature ne donna pas d'autre réponse qu'un regard stupide et doux : formuler ou balbutier quoi que ce fût, était pour elle, eût-on dit, désormais inutile, et tournant toujours le cou, comme si le mal la gênait vraiment, elle sortit tout étrange – oubliant l'émeraude dans les balayures et le balai sur le carrelage – elle sortit de la pièce.

Peut-être, avec le mystérieux instinct des infortunés, avait-elle entendu s'approcher le marquis, ainsi pensa le comte, quand il fut sorti lui aussi dans le couloir pour voir où allait, si bouleversée, la petite servante : dans l'escalier qui conduisait à la bibliothèque, il aperçut don Ilario qui descendait d'un air las mais avec un doux sourire, en serrant dans ses mains un exemplaire des poèmes.

Derrière lui, dans la lumière de la haute fenêtre historiée, on distinguait le noir don Fidenzio; et que les deux fussent sortis ensemble de la bibliothèque, après une longue discussion, sans penser au grand jamais trouver le comte dans le couloir, voilà qui fut clair à ce dernier, à voir la manière dont le rabougri marquis accentuait son sourire, tout en serrant ses lèvres déjà serrées, tandis que l'Archevêque, comme un noir papillon transpercé d'épouvante à la vue d'une main qui s'approche cherche à se camoufler avec le premier lieu qui s'offre à lui, adhérait au vitrail de la fenêtre de manière curieuse, en se confondant avec les autres silhouettes roidies de rois portugais. Et certes, ils ignoraient l'un et l'autre l'état d'âme du comte, qui était, Lecteur, d'un qui écoute depuis peu se mouvoir la mer, et rien d'autre ne peut entendre.

Il resta en effet (le comte) adossé au mur, en regardant le garçon qui s'approchait de lui, mais ne regardant rien en réalité, tant était triste son esprit; et les paroles du lettré lui firent l'effet d'un simple papier écrit.

Comme si jamais aucun dialogue sérieux n'avait eu lieu entre eux, mais seulement de banales conversations, don Ilario dit ainsi gracieusement :

« Salut, Daddo, comment vas-tu ? J'ai disparu toute la matinée, mais la raison, tu peux bien l'imaginer, regarde », et il lui présenta, en les ouvrant au hasard, afin qu'on en aperçût rapidement les minutieuses corrections, les manuscrits de *Portugal* et de *Penosa*, outre un pli cacheté dans une enveloppe jaune, qui devait autoriser le comte à traiter pour le jeune homme avec l'éditeur de Milan.

Le comte prit les manuscrits, machinalement, tandis qu'un imperceptible tremblement agitait sa main, et il pria le marquis de bien vouloir les oublier quelques instants, car il devait lui adresser une prière qui demandait toute sa courtoise attention. Il n'avait qu'un filet de voix pour exprimer cela, et dans son beau visage régnaient obscurité et confusion.

« Je ne comprends pas », fit Ilario en l'observant avec curiosité et, sembla-t-il au comte, un soupçon de froideur, presque déçu. « En tout cas, certainement pas ici, ni non plus dans mon bureau, qui est tout en désordre. Plutôt dans la salle à manger. » Et, faisant, comme si le comte n'existait même pas, un léger clin d'œil au prélat pour qu'il voulût bien s'éloigner, il précéda son hôte dans la salle que les frères avaient complètement vidée.

XIX

LE TERRIBLE MENDES

Une question de syndicats. Absurde! Confusion

Là non plus, il n'expliqua pas le désert de meubles, ni n'exprima d'embarras du fait qu'on ne trouvait rien pour s'asseoir. Il semblait que son attitude révélait je ne sais quelle désinvolture nouvelle, résultant de son entretien avec le prélat, et qui ne se serait toutefois pas manifestée si l'indiscrétion qu'il y avait dans le trouble du comte ne l'eût, pour ainsi dire, excitée. Ou peut-être, toujours en rapport avec cet entretien, qui l'avait désormais rendu sûr de lui, était-il dans cet état de force qui favorise, nous ne dirons pas le mépris, mais bien une insouciance de l'opinion qu'autrui peut se faire de notre comportement. Ainsi, son attitude envers le Lombard, peu auparavant ami de cœur, était empreinte en ce moment (comme par un rapide réchauffement de ladite force, et une sorte de soulagement de son être le plus profond) d'une superficialité indicible, qui ne celait pas une nette impatience.

Avec un accent qui glaça l'âme du pauvre jeune homme, il dit ainsi : « Parle donc, mon cher. Je t'écoute. »

Jamais de la vie, deux heures avant, quand, sur la plage, il lui prenait la main, le comte n'aurait cru que son sentiment pour le marquis pût se dissoudre d'un instant à l'autre, comme une poignée d'écume, et qu'il ne resterait à sa place qu'un absurde désespoir d'ancien serviteur. Pourtant, quelques secondes plus tard, levant sur le visage de cet inconnu deux yeux limpides et tristes, ceux-là mêmes qui avaient conquis Ilario et aidé l'Iguane, le comte dut se rendre à l'évidence. Cet homme qui se trouvait devant lui n'était plus le vibrant Ilario, mais le dur, l'insolent Mendes, le jeune homme très beau et sûr de soi qui lui était apparu dans la nuit, sur le balcon ; et là, le faible esprit du Lombard vacillait ; là, ne retrouvant plus, c'était clair, le garçon sensible, l'orphelin ému d'Ocaña, mais un seigneur effronté, il devait admettre que, n'ayant aucune expérience de tels changements ou métamorphoses, il devait en subir, désarmé, l'horreur. Et, sentant qu'aucune habileté ne pouvait l'aider, puisqu'il était toujours demeuré en marge de la vraie culture qui explique pareils phénomènes ou transferts du moi, il éprouvait en lui, devant une telle succession d'événements, l'évanouissement des pauvres d'esprit, auxquels nulle terre n'est sûre, nulle main ne promet de s'approcher si ce n'est pour une gifle.

Il fallut du temps – mais en lui quelque chose était au-dessus, bien que misérablement, de toute horreur universelle – pour qu'il retrouvât, en un soi-même aussi épuisé et comme éboulé et perdu dans un nuage noir de découvertes, la voix qui lui avait ordonné de venir à Ocaña, et comme toujours lui avait demandé de suivre le juste en quelque désert qu'il fût. Et ainsi, tandis que le sourire de Mendes (car il n'était autre que le vrai Mendes, maintenant) dangereusement changeait, se déformant en une impatience ouverte ; regardant derrière les vitrages battre la mer, ainsi le comte parla :

160

« Avant tout, mon cher, pardonne-moi si dans notre entretien d'*il y a quelques années*, je me suis permis de te manifester de l'amitié. J'obéissais, crois-moi, à un sentiment sincère, jamais je n'aurais supporté de t'offenser. Que je n'aie pas voulu t'offenser, que cette intention ait été loin de mon esprit, tu peux m'en faire crédit, bien que je n'aie à présent pas de quoi te la payer. »

A ces mots, comme s'ils étaient plus qu'évidents, et sans prêter attention à cette déchirante embardée du comte au sujet de l'entité du temps passé (quelques heures à peine!), un vague sourire aux lèvres, Mendes répondit ainsi :

« Poursuivons, si tu n'y vois pas d'inconvénient.

– Et puis il y a la question de ton peuple... »

Voilà à quoi en était réduit le comte, dans son incapacité désespérée à affronter le problème de la créature, et avec ce puissant seigneur : car en faire seulement mention, non pas à lui-même, bien sûr, mais aux maîtres, le remplissait d'angoisse, et l'instinct même de conservation l'avait amené maintenant à dire « peuple » (qui ne signifiait rien), au lieu de bête ou servante, ce qu'était la créature.

Le jeune homme heureusement comprit :

« La... bestiole, tu veux dire?

– Oui... », fit-il de son front perlé de sueur. Je ne sais ce qu'il y avait dans ce jeune homme, peut-être le fait que lui parlait et souffrait, alors que l'autre, avec un de ces étranges sourires, se mordillait les ongles; mais le comte avait froid, et il sentait l'obscurité croître en lui, comme s'il allait s'évanouir.

« Quelque chose », continua-t-il après avoir attendu en vain un encouragement, le plus modeste des signes pour soulager son angoisse, « est-ce que quelque chose, mon cher, a fait en sorte que tes rapports avec l'âme même de cette île, j'entends ta petite servante, ta protégée, naguère bons et amicaux, changeassent? Quelque faute que tu ne lui pardonnes pas ? Je te le demande fort, et – si tu le permets – j'insiste tant, dans la mesure où je sens que ton départ est non seulement proche, mais définitif, éternel, et moi je voudrais m'occuper d'elle, l'aider à s'épanouir, mais je vois que, perdue derrière ton ancienne promesse, elle se refuse à vivre, elle se meurt... »

Ce qu'il attendait, un éclat de colère, ne vint pas ; il ne réentendit que le tonnerre, le même qu'un peu auparavant, qui d'évidence était la mer sur la ligne de brisement des vagues, et, dans une luminosité plus jaune que livide, laquelle remplissait l'air de la sombre salle, il vit la face de Mendes, un seul instant, s'affiner, et ses cils dorés battre tristement. Il lui sembla que cela voulait signifier espoir pour la créature qui lui était chère, mais il se trompait : sur ce visage succédait maintenant je ne sais quelle rigidité, et, levant sur lui ses beaux yeux bleus où se mêlaient indifférence et ténébreuse curiosité, le marquis fit :

« Tu lui... tu lui as parlé ?

– Oui...

– Je comprends », dit le marquis en devenant soucieux ; et il ajouta : « Il y a méprise, que je peux dissiper en deux mots ; elle ne dépend de rien d'autre que d'une interprétation erronée de la fonction des syndicats. Comme tu sais, ils établissent le versement d'une certaine contribution en faveur des domestiques, pour leur vieillesse, et, à défaut, une simple augmentation du salaire. D'une façon ou d'une autre, elle en avait entendu parler, et demanda, sinon cette assurance, une augmentation. Elle n'avait pas considéré qu'il lui manquait l'inscription. Ainsi, jusqu'à présent, il n'a pas été possible de rien lui accorder. Voilà tout. »

Il y eut une longue minute de silence, où, au lieu du tonnerre, on entendit le vent, et c'était comme une foule de morts qui traversait, épouvantée, l'île, suivie par une armée de démons qui les aiguillonnaient, ainsi que fait le bouvier avec ses bœufs. En passant devant la maison, ils répétaient au comte hébété : « Fais attention ! Fais attention ! » et le gentilhomme sentait qu'il ne pouvait, et il regardait le marquis de la même façon que l'Iguane, mi-suppliant mi-sévère, afin qu'il choisît entre mensonge et vérité, entre santé et aliénation, qu'au risque de mourir il choisît la non-aliénation.

« Non... elle ne m'a pas parlé de ça... Ce n'est pas de ça qu'elle se plaint.

– Non ? Et de quoi, s'il te plaît ?

– Elle m'a fait comprendre, mais ne le prends pas mal, *bien-aimé*, comprends-la – qu'en d'autres temps, je ne sais en quel autre temps de votre amitié, tu lui aurais promis de l'emmener avec toi au paradis... et puis tu aurais refusé. »

Comme mordu par un serpent, le marquis dressa la tête ; mais il n'était pas bouleversé, plutôt fort attentif, à croire qu'une déserte désespérance l'illuminait :

« Moi je lui aurais promis ça ? C'est ce qu'elle t'a dit ? »

Il n'attendit pas de réponse, mais joignant les mains et croisant les doigts jusqu'à les faire craquer, il s'écarta du Lombard et se mit à faire les cent pas dans la pièce, en répétant comme fou, et toutefois avec un rien de sauvagement ironique :

« Incroyable ! Surprenant ! Dément ! »

Puis, avec une espèce d'incrédulité forcenée :

« Au paradis ! voilà où nous en sommes ! »

Le comte pleurait.

« Ne pleure pas, Daddo », dit Mendes en revenant à grands pas vers lui, et s'arrêtant en face de lui ; et le comte vit combien la colère, la noblesse, la grandeur de sa lignée, ou qui sait quoi encore, l'avaient rendu merveilleusement beau. Ses habits, les mêmes qu'il lui avait vus à son arrivée, resplendissaient, comme remplacés par d'autres, mais flam-

163

bant neufs, et cela dans une fraction de seconde. Tout en lui était beau, viril, nouveau, et le vent de l'espérance, d'une sublime espérance, paraissait gonfler cette jeune voile. Balancé presque, comme une balancelle dans le bleu turquin poussée par le suroît, il ajouta : « D'ailleurs, elle n'est plus ici. »

On entendit toquer à la porte, et au rauque « entrez » de Mendes, se présentèrent sur le seuil Felipe et Hipolito, eux aussi, comme le marquis, avec un rien de riche et de neuf, en curieux contraste avec un sac plein de pierres (à ce qu'il semblait), un bien misérable et triste paquet, qu'ils portaient ensemble et qui, bien qu'il s'agitât, paraissait destiné à la mer.

« L'Archevêque veut te parler », murmura Felipe. Peut-être se trompait-il, mais le comte eut l'impression, dans sa douleur, à laquelle se mêlaient de plus en plus une grave faiblesse, une lucidité fiévreuse, que les deux frères fixèrent un instant ces pierres, avec une sorte non pas de pitié, dirons-nous, mais avec mémoire et peine, qui pourtant ne modifiait pas leur état d'esprit et chez le comte fit affleurer, en même temps qu'une sensation d'étouffement, la certitude d'un crime.

« Tu ne vas pas permettre... argent... écoute... je vais le chercher », dit-il en vacillant, et il lui revenait sur les lèvres ce balbutiement ridicule qu'il avait quand il était bouleversé. Mais ni Mendes, ni ces messieurs ne semblaient entendre. On eût dit qu'il y avait, dehors, une grande agitation, qui n'était pas, ou pas seulement, due à la tempête en mer. On entendait crier, et un temps il crut qu'il s'agissait de la petite servante qui se rebellait contre son sort amer, puis il crut, chose impossible, à un chœur de voix yankee, les perçantes voix de la nuit, qui, comme sorties d'un haut-parleur, imposaient au marquis de le rejoindre. Il y avait de tout, dans ce chaos, lamentations et pleurs, rires et orgueilleuses certitudes, et les supplications du passé et les commandements de l'avenir. Et il y avait l'esprit de la nature, et la nature même, dans sa saine rage; mais il y avait surtout un fait : que l'âme trop éprouvée de l'architecte délirait.

Il entendit encore ces mots, où réalité et symbolique étaient, hélas, comme dans les romans d'avant-garde, désespérément mêlées, ces mots qui le glaçaient :

CUISINIER. Désormais, le temps n'est plus au beau; déjà les vagues *canardent* et les Hopins ont décidé de lever l'ancre tout de suite. Alors, dépêche-toi. On attend que tu donnes les dernières instructions.

MENDES (irrité). Vous n'allez pas me dire que vous ne savez pas vous en tirer sans moi, non? Je suis en train de parler avec ce monsieur.

FELIPE. Si tu l'appelles monsieur!

MENDES. Segovia était là, il y a quelques instants, dans le couloir. Vous ne l'avez pas rencontré? Il n'est pas à bord?

COLE (étonné). Quel bord, monsieur? Écartez-vous du puits. Vous pourriez y tomber.

XX

DADDO AU PUITS

La belle enfant. Armé! Sur les traces des coupables

La scène, en effet, avait changé, et pendant un instant, retrouvant au-dessus de sa tête cet air gris et voilé du matin, l'âme déchirée, le comte eut l'impression de revenir à la normalité jamais tant désirée qu'alors. Il vit le ciel, il sentit l'air pur et vif de l'Océan, et il eut l'illusion un instant d'être le même Aleardo de toujours, qui avait débarqué la veille dans cette île mélancolique. A ses côtés, non plus Mendes, à présent, mais le bon Ilario, avec ses modestes vêtements de jour, le rassurait; et ainsi de ses sombres et lugubres frères, et de ce bon petit homme de Cole. Mais il y avait quelque chose, dans leurs visages tendus et agités, penchés autour du puits, qui le faisait se sentir mal. Et soudain, il sut que sa vie était finie, que jamais plus il ne retournerait à Milan, ni à bord, ni ne verrait la mer d'azur, et Palos, et d'autres ports, verrait Gênes et parcourrait encore la chère via Bigli. Tout cela n'était plus possible, parce que l'Iguane était morte.

Il se pencha sur la margelle du puits, et il la vit, ou crut la voir, vingt mètres plus bas. Il vit une petite créature très belle, tout habillée de dentelle blanche, une bande rose à la ceinture, et deux escarpins, roses eux aussi. Elle était agenouillée sur le fond, immobile comme si elle dormait, dans la même attitude où il la vit la nuit dans le sous-sol.

« Mais elle est vivante ! » dit-il ; et puis, sitôt après, avec un mélange de douloureuse surprise : « Mais c'est une autre ! »

En regardant mieux, il n'aperçut plus rien.

« Selon moi, elle n'est plus ici », dit Ilario qui ne lui avait pas prêté attention. Son visage était rouge, brûlées de larmes ses joues, et l'on comprenait combien, au fond, la créature lui avait été chère. Il s'écarta du puits.

« Il y a de l'eau, sur le fond, monsieur le marquis, dit Cole. Pas beaucoup, mais suffisamment pour recouvrir n'importe quelle créature. »

Les trois hommes s'éloignèrent un peu du puits. Là, tout près, n'étaient restés que Cole et le comte, lequel, soit la fièvre qu'il avait, soit autre chose, continuait à percevoir, sur le fond, une forme qui le faisait pleurer, en somme toujours cette frêle silhouette bien-aimée, magique. Voilà que, maintenant, elle avait une main, avec ses cinq petits doigts sombres qui bougeaient, et lui faisaient signe qu'il y avait cinq – cinq ans – qu'elle se trouvait là en bas, et souffrait beaucoup.

« Iguane ! » cria le comte, avec une douleur qui le rendait fou. Il vit une corde qui pendait du haut du puits – pas très longue, mais elle pouvait suffire, et il résolut de descendre. Il se hissa sur la margelle, mais ensuite il changea d'idée, car il sentait qu'il avait été trompé, et revint dans la salle.

Tandis que le comte, de sa main droite (dans la salle il pleuvait à torrents, et on entendait tonner), tenait haut le col de sa veste autour de son visage, la scène qui se déroulait peu auparavant recommença. Comme s'il y avait eu en elle quelque chose d'erroné, l'auteur secret des passions qui gouvernent (ou détruisent) le monde, l'avait défaite, en éliminant tous ces éléments et indécisions qui empêchent l'homme de voir clair, et la justice d'aller de l'avant. On revit Ilario, habillé comme quand il était venu au débarquement, mais tout de neuf, soigné et parfumé, descendre du sommet de l'escalier qui conduit à la bibliothèque, et un rayon limpide de soleil, glissant pour lui le long du vitrail, formait autour de sa tête une bienveillante auréole. Il tenait dans sa main un rouleau de feuillets à peine copiés, serrés par un nœud jaune, et derrière lui – juste comme dans la scène précédente – venait le noir don Fidenzio, riant et murmurant quelque chose de suprêmement agréable à l'oreille du lettré. Mais en tournant à peine la tête, dans ce splendide soleil, ils firent au comte, qui s'en allait sous l'eau, dans la tempête, et maintenant, un peu pour se protéger, un peu parce qu'il était fatigué, s'était adossé à un mur, ils firent une tête qui exprimait sans cérémonie leurs sentiments : d'ennui et de franche contrariété, en ignorant complètement combien le comte avait changé.

« Mais, mon cher comte, êtes-vous devenu fou ! cria, à peu près avec la voix du vent, le jeune homme. Entrer dans ma maison avec toute cette boue ! Comment êtes-vous passé ? »

La maison de Segovia, que tu as vue, Lecteur, dans les tristes conditions par nous décrites, était en fait profondément transformée, éclatante, magnifique, la maison patricienne des Hopins mêmes, parce que désormais le temps avait passé, et que les Hopins portaient un titre, là-bas en Amérique, ils étaient de grands patriciens.

Avec un filet de voix, et à la fois un cri sec qui ne sortait pas, et dans lequel jamais vous n'auriez reconnu l'accent joyeux, la sérénité, la froideur, l'impossibilité de change-

ment, qui distinguait le Lombard, ce dernier répondit :
« Il s'agit de justice. Il faut m'excuser.
– J'arrive tout de suite. »

C'est ce que répondit, apaisé, le patricien. Et, une fois ses feuillets confiés au prélat, lequel leur jeta un coup d'œil, il descendit agilement l'escalier qui semblait d'or, et que garnissait un éclatant tapis rouge, jusqu'au couloir où le comte l'attendait. Parvenu là, il lui prit les mains, et dit sur un ton de sincère préoccupation :

« Mais tu vas mal! Tu trembles! Qu'est-il arrivé, Daddo? »

Et puis, aussitôt après, avec une peine qui fit mal au comte :

« Mais tu es armé! »

Le comte esquissa un sourire livide, et il replaça l'arme, d'un geste machinal, dans son étui :

« Non... ce n'est pas de ça que tu dois avoir peur », poursuivit-il en plissant le front à cause du léger effort qu'il devait faire, de temps en temps, pour se rappeler, comme pour prendre acte de ces changements, et distinguer entre ces superpositions continues de réel et d'irréel, « pas de ça, Ilario, mais de ton esprit même, comme moi du mien. Il y a quelque chose que nous ignorons, que nous ne voulons pas savoir, il y a quelqu'un de caché, qui nous empêche de regarder... Il y a une tromperie au détriment de personnes faibles... Il y a, dans notre éducation, quelque erreur de base, qui coûte du tourment à beaucoup, et c'est ce que j'entends assainir. »

Il s'assit sur un banc qui était apparu, et le marquis lui tendit un verre d'eau, en le regardant avec une infinie pitié.

« Saisir! Sur la base de quoi, Daddo? Laisse donc les Constellations traîner le Corps Saint! Dieu est mort! Il est mort! Il est mort! »

Ces mots, suivis par une soudaine crise de larmes, et ensuite par un sauvage battement de cloches, hosanna ou glas, allez savoir, laissèrent indifférent le comte. Il avait changé, parce qu'il sentait que, dans la vie, le côté terrible était vraiment la compassion, dans la mesure où le mal ainsi voilait ses crimes, et le bien laissait place à une profonde faiblesse. Il n'avait plus d'autre but, dans le nuage qu'avait été sa vie, que la renaissance de Dieu, sa libération du sépulcre, et la restauration du Droit. A l'Iguane, comme à d'autres faits de la vie, il ne pensait plus.

Toujours par ce besoin d'air, qui le tourmentait depuis quelque temps, il se mit à la fenêtre et vit passer un groupe de personnes se dirigeant vers le côté gauche de la maison, qui mène au sentier du puits. En tête, marchait Ilario, pleurant, et, sur ses talons, une fillette qu'il n'avait jamais vue, grise et nu-pieds, traînant un grand seau. Il y avait aussi les Hopins, mari et femme, avec un air soucieux.

« D'abord, ils l'ont tué, avec leur arrogance et leur soif de pouvoir, et à présent ils entendent récupérer sa dépouille mortelle, comme si ça servait à quelque chose! » se dit le comte avec un sarcasme qui ne lui était pas habituel.

Ne lui était pas habituel non plus le visage qu'il voyait dans la vitre de la fenêtre. Il y avait un immense désert, dans ces yeux, et, sur le front, un je ne sais quoi de rembruni et de fantasque, étranger à la douce physionomie du comte, et ses lèvres remuaient d'une façon imperceptible, fébrile, sans qu'en sortît une parole.

Il n'aimait pas la vue de cet homme, et il sortit donc de la pièce. D'ailleurs l'audience débutait dans peu de temps, et il y aurait de quoi s'amuser. Les Hopins apporteraient dans la salle le Corps de Dieu, en disant qu'il était mort, il fallait se résigner, une autre vie commençait maintenant. Mais lui, il ferait comprendre qu'il n'en allait pas ainsi.

Un sentier s'était ouvert dans le mur, et là, où l'orage était passé, il pleuvait doucement à présent, doucement, comme s'il pleurait. Le monde était vert, bien qu'on fût en novembre, et rien ne portait trace du récent tumulte. Il aurait voulu aller au puits qui, il en était sûr, se trouvait à deux pas d'ici. Il alla au contraire en bas. Il descendit lentement. *En bas* était l'audience. On respirait mal.

Où était réellement le comte, pendant ce temps, au puits en train de regarder avec les autres s'il y avait trace du Corps de Dieu, ou bien en vadrouille à travers l'île, le pistolet dans sa pauvre main, sur les pas des coupables; au fond du puits ou bien dans ce tribunal froid et halluciné, nous, Lecteur, même si cela te paraît bizarre, nous ne pouvons te le dire. Mais toi, si de ces passages continus d'un endroit à un autre, et changements de scène, et dialogues morcelés, et insertion rapide d'un endroit dans un autre; si de ces marqueteries de maison, de vent, de puits, de sentiers frémissants et de muets intérieurs, de feuilles vives et de murs morts, de rayons de soleil et de rayons de lampe, de marche et de station, d'immobilité et de mouvement, et surtout d'une grandissante douleur, d'une tristesse sans répit, d'une rage indicible, mêlée à des mots ordinaires, et aussi de la disparition de notre Iguane, comme de ces prodiges et de ces rires qui ont caractérisé jusqu'à présent notre histoire, tu es porté à demander l'explication, réfléchis, dans l'attente que nous puissions t'en donner une (en admettant qu'il y ait une explication en ce monde d'insondables phénomènes, où toi aussi tu vis), réfléchis, pensif Lecteur, à l'étroitesse mentale particulière du jeune architecte, où cependant se niche une générosité que lui-même, avant de débarquer sur cette île douloureuse, ignorait. Ensuite, tourne ta tranquille raison, toi qui es sauf, vers

171

l'effrayante vérité de l'âme, qui est ici, partout, et nulle part, et cela tandis qu'un jeune corps avance, prend une certaine direction, une autre, où le mènent les nouvelles questions de son esprit. Mais qu'est-ce qu'un corps devant ce qui le conduit et que ce corps, ces mains, ces yeux ont le simple devoir d'exprimer? Et qu'est-ce que le temps, où de tels actes, de telles pensées se démêlent? qu'est-ce que l'espace, sinon une convention ingénue? et une île, une ville, le monde même avec ses tumultueuses capitales, que sont-ils d'autre sinon le théâtre où le cœur, frappé de remords, pose ses ardentes énigmes? Alors, ne t'étonne pas, Lecteur, si la maladie (ainsi pouvons-nous appeler la pensée), qui depuis longtemps menaçait notre comte, mort vivant dans sa classe, a explosé sous les formes terribles que tu vois, en révélant la souterraine mélancolie, la cruelle exigence du réel. C'est pourquoi, du pré et du bois, de la salle et du puits, de la tempête et du beau temps, des rapides nuages d'avril et de la clôture de novembre, qui ainsi se confondent à la fin de notre histoire, ne cherche pas la cause, et reconnais en eux, plutôt, le cheminement résolu, et seul vrai, de l'âme, d'entre les choses qui ont pris son apparence jusqu'ici, et pleines de trouble et de peur, l'imitent.

XXI

LE PROCÈS COMMENCE

L'audience. Encore au puits. Presque novembre

Avant de pénétrer avec le jeune gentilhomme dans la salle d'audience, située dans une partie non visible de l'île, probablement entre les racines d'un olivier ou d'un chêne, nous sommes tenus de témoigner de quelques faibles cris qu'on entendit LÀ-HAUT (signe que le voyageur était dans quelque EN BAS), certains « Daddo! Daddo! *O senhor* comte! », qui allaient et venaient dans les hauteurs, et puis s'éteignirent, effet, à n'en pas douter, de la sensibilité trop aiguisée du noble. Il n'allait pas bien, il le savait, ou pour mieux dire le « sentait », il y avait en lui une très grande griserie, une attention spasmodique à des choses qui ne correspondaient pas à sa nature, et il n'y prit donc pas garde. Il se tenait le visage en dehors de son banc, dans la salle, et il ne pouvait prendre garde à ces voix, mais seulement à ce qui se passait ici.

La première chose que le Juge ordonna en entrant dans la salle étroite et sombre où le comte avait fini, c'est que fût donné de la lumière, plus de lumière, une grande lumière, et aussitôt le pauvre Lombard vit le lieu où il se trouvait.

Salle plutôt grande, mais sordide, comme tu en auras vu tant, Lecteur, dans les illustrations concernant les procès fameux du XIXe siècle. Les gens étaient habillés de la manière la plus négligée et débraillée qui se puisse voir; il y avait des femmes avec leurs petits dans les bras; de grands échalas mi-chômeurs et mi-ivrognes d'aspect. Femmes, hommes, enfants étaient tous grisaillés, avec de ces grands yeux déchirés de rayons névrotiques qui sont propres à l'indigence. Là au milieu, les misérables messieurs d'Ocaña ne faisaient pas exception, sauf pour leur blême silence. Sur le banc des accusés était le comte, et un garçon au visage sensible lui tenait la main, comme pour le réconforter. Disparue, de la personne du comte, la négligente tenue estivale avec laquelle il avait traversé la mer, il portait un habit complètement noir, de « témoin de Dieu », c'était le nom, avec une grande écharpe d'argent. Il en avait honte, et pour cela comme pour d'autres faits, son corps était secoué d'un continuel tremblement.

« Ils feront vite... garde ton calme! trouva moyen de lui murmurer à l'oreille le bon garçon, qui était précisément Ilario.

– C'est pour cet habit... j'ai honte », répondit le Lombard.

Le procès n'était pas clair, dans la mesure où l'on ne savait pas encore le nom de celui qui avait tué Dieu, ni même s'Il était vraiment mort, et c'était la raison pour quoi – si terrible peut être l'espérance – le comte tremblait. En tout cas, les Hopins étaient à écarter. Il ressemblait un peu au jeune Segovia-Mendes, un peu à un quidam de Milan, et de ce côté le comte était tranquille, connaissant bien la grande pitié de la ville où il avait vu le jour. Le ministère public, un type fort semblable à monsieur Cole, fit l'historique de toutes les misères et poursuites à travers lesquelles était passé le créateur des cieux, avant de se rendre. Il dit où

174

il avait dormi ses sommeils agités, comme l'air lui manquait, et que son corps se recouvrait peu à peu de pustules; il énuméra les lettres, ou requêtes, qu'il avait adressées aux autorités et à de nombreux nobles de Milan, sans que jamais, toutefois, on les eût tenues en la plus petite considération : immanquablement, de telles lettres ou requêtes finissaient, par la main des secrétaires, au panier.

« Où étaient les accusés ? » demanda le Juge, révélant ainsi qu'il s'agissait de nombreux « accusés », même si un seul était désigné pour les représenter.

« Sur leurs *yachts*, monsieur », fit Cole en s'essuyant les yeux avec un grand mouchoir rouge, et par là le comte vit combien, au fond, il était bon : et, ne supportant pas sa peine, il revint s'asseoir.

A présent, le comte pensait qu'on l'appellerait lui, pour donner son témoignage sur le crime, et il leva une main tremblotante, mais personne n'y fit cas; il était debout et regardait autour de lui avec des yeux ardents.

« Qu'on introduise la Victime », dit le Juge.

Et lui-même se mit debout, et toute la salle se leva en pleurant et tremblant.

Entrèrent deux hommes, qui poussaient un chariot blanc, et sur le chariot était déposé le Très-Haut.

C'était, Lecteur, si jamais tu as été désireux de savoir à quoi ressemble vraiment celui dont on raconte des fables depuis des siècles, sans jamais être certain de l'avoir reconnu, c'était, grimpé et endormi sur une feuille, un simple papillon blanc.

Mais quelle grâce devait-il avoir eue en volant sur les prés et les buissons en fleurs, avant son effroyable mort! C'était une chenille faible et simple, mais avec des ailes pures qui encore, peut-être au souffle de la salle entière, frémissaient dans une apparence de vie. Elle avait des antennes d'or, et des petits yeux très bons, très purs et tristes.

En songeant que dans un être aussi simple, et aussi chétif, et désormais effacé de la vie, gisait le secret, l'origine de l'univers même, immense et hallucinant, avec ses splendeurs et ses dons, avec toutes ces choses qu'il avait eues, dont il avait joui, et les autres nobles avec lui, le comte sentit à quel point son meurtre était impardonnable et le deuil des Constellations, infini. Et puis, Lecteur, comme son corps depuis quelques heures déjà était très affaibli, et son indignation détournée par l'anxiété croissante du coupable, il n'avait plus beaucoup de ressources, et après avoir fixé un certain temps, en cette tranquille extase, les restes du Très-Haut, il balbutia quelque chose où l'on ne distinguait que : « ... autre... donc... était ici... inutile... »

Après quoi, il s'évanouit.

Tandis que, pour trouver un peu d'air, il allait vers le puits, il s'aperçut qu'on le suivait. C'étaient, armés de pied en cap, les deux Guzman. Il y avait dans l'esprit du comte tant de douleur, une si étrange et terrible griserie, comme s'il se promenait depuis toujours dans un lieu complètement privé de mémoire, peut-être parce que trop riche de mémoires (ainsi qu'il arrive par certains calmes matins voilés, quand tu ne sais si commence avril ou plutôt le mois des morts), que pour la première fois ces deux trognes ne lui firent aucune impression. Il sentait qu'ils le filaient, et avec un esprit pas tranquille, mais cela ne présentait aucun intérêt, car il avait l'impression de les voir à l'intérieur d'eux-mêmes, comme s'ils étaient transparents, et il sentait une tristesse, une immobilité, une mélancolique extase, presque semblable à la sienne.

On eût dit qu'il ne restait plus rien dans l'île, ni le tribunal, ni la maison, qu'elle fût palais royal ou péniten-

cier, ni, au bout de la plage, entre les arbustes, les
bateaux. Il n'y avait que le puits, et, près du puits, une
petite femme qui pleurait. Elle était fort petite, fort drôle,
fort pauvre, mais, eût-elle même été tout le contraire, le
malade ne l'aurait pas aperçue. Le pauvre comte ne lui
prêta pas attention. Pendant ce temps, les deux Guzman
s'étaient approchés.

« Votre cher frère est-il parti, messieurs ? demanda le
comte, dans sa tranquillité nouvelle, et avec un pâle sourire
aux lèvres.

— Oui, répondit Felipe en baissant la tête.

— *O senhor* comte aussi nous oubliera, un jour », fit
Hipolito.

Ils l'aimaient donc, mais cela, dans l'âme triste du comte,
n'avait plus d'écho.

Cependant, la petite femme, au pied du puits, faisait : HI!
HI! HI!, comme pour se lamenter, et au-dessus d'elle
voletaient, désirant se poser sur ses haillons, trois papillons
blancs. La pauvrette les éloigna.

« Qu'a-t-elle, cette pauvre âme, peut-on savoir ? s'informa
le malade avec bienveillance.

— Monsieur, les âmes tremblent pour rien, elles sont
comme les feuilles des arbres, répondit Hipolito.

— Ça, c'est vrai.

— Ici, autrefois, il y avait une belle maison, observa
Felipe. Le temps et le désespoir n'ont plus rien laissé.
Vilaine chose, monsieur, que le désespoir.

— Et, au fond, inutile, parce que Dieu ne meurt même
pas..., répondit faiblement le comte en regardant autour de
lui. Il se multiplie incommensurablement, fit-il en observant
les trois papillons, lui et sa chère grâce. Tu verras qu'un
jour il ressuscitera.

— Oui, monsieur. »

Il y avait des nuagelets blancs, tout là-haut (l'ouragan

était fini), et ils disaient si bien que l'ouragan était passé, et que de nouveau il fallait avoir grand calme et pitié.

Il s'écarta de là, et, toujours suivi, mais à respectueuse distance, par les deux Guzman, il revint au Tribunal.

XXII

LA SÉANCE REPREND

Ciel haut. Identifié! Daddo content

Ils avaient enfin identifié le coupable. C'était, comme l'avait craint le comte, un de Milan, un pauvre garçon, maigre, grand et vert, qui portait une tunique verte ruisselante d'algues. Il ployait sous l'accusation en pleurant. L'arme avec laquelle il avait frappé le Seigneur était encore dans sa main. Un des huissiers, délicatement, la lui ôta, et cette main retomba comme chose morte. Il parlait, parlait et pleurait, à la manière des malheureux. Malgré son désagréable aspect, il avait la plus belle voix du monde, le comte dut le reconnaître : une voix d'argent, fort douce, fort pure, comme brisée. Le comte n'en avait pas pitié, mais il était très faible, et voir souffrir lui faisait mal, bien qu'il sentît, obscurément, que bientôt de telles souffrances cesseraient, et que pour l'accusé aussi il y aurait grande joie, étant donné que le Très-Haut, malgré ses blessures, vivait encore. A côté de lui, de l'accusé, mais aussi du comte, qui se ressemblaient beaucoup, était le bon Ilario, lequel toujours soutenait cette image de l'affliction, en répétant au malade : « Tu verras, c'est rien, mon cher, c'est rien », avec la voix amène qu'on avait entendue au débarquement dans l'île. Le comte n'était

179

cependant pas préoccupé par le destin de cet homme, quel qu'il fût, mais seulement fasciné par sa chute! Ainsi donc on tombe, si haut que puisse nous placer la société, ainsi le hasard est à l'affût derrière la plus grande stabilité, et le néant derrière la gloire! Ainsi, tout à trac, on aperçoit la ligne d'arrivée!

Il vit des matelots qui entouraient le box, c'est-à-dire le puits, et avec une sorte de dégoût il reconnut Salvato.

« L'eau n'était pas très haute, monsieur, dit le pauvre diable en parlant à Mr. Hopins, mais il s'est cogné de partout.

– Qu'on l'allonge! De l'air! » s'écria Mr. Hopins.

Ainsi l'emportait-on vers la maison, en se servant de quelques planches assujetties par des cordes. Le comte voyait cela distinctement. Il voyait le ciel très haut, et il éprouvait une joie qui le faisait sourire.

Lorsque la séance reprit, le Tribunal (peut-être à cause de cet égarement momentané du comte) avait légèrement changé : c'était une salle aux hauts murs très dépouillés, et pas aussi intensément éclairée que le vrai tribunal. De nombreuses personnes s'en étaient allées, et il régnait un pénible silence. Autour de l'accusé, qu'on avait allongé sur un petit lit, on voyait des regards pensifs et émus. Les gens ont du cœur, les gens sont bons, après tout, Lecteur, et tous, au fond, ressentaient de la peine pour le subit malheur du pauvre accusé, sauf, bien qu'il n'eût pas l'âme dure, au contraire, le jeune comte. Il était tout étonné, depuis un moment. Il sentait deux choses, en profond contraste entre elles, et qu'il n'arrivait pas, du moins pour l'heure, à relier, encore que leur signification fût loin d'être terrible, fût joyeuse et humaine, et qu'il y eût donc matière à espérer. Il sentit que son voyage avait été immobilité, et que maintenant, dans son immobilité commençait le vrai voyage. Il sentit ensuite que ces voyages sont des rêves, et les iguanes des avertissements. Qu'il n'y a pas d'iguanes, mais seulement des travestissements, inventés par l'homme dans le but d'opprimer son semblable et entretenus par une société terrible. Société qu'il avait exprimée, mais dont il sortait à présent. De cela, il était content.

La séance reprit, mais plutôt de façon désordonnée, et toujours sur le fond sonore grave et lent des cloches. Il paraît que la faute principale de l'accusé était l'inconscience, une espèce d'enfantillage ou stupeur mélancolique, qui l'avait rendu étranger à l'épouvantable réalité du monde, et lui avait montré des fables et des monstres où il n'y avait que des marchés et des créatures non inscrites sur le registre de la puissance économique. Il vit qu'à cette accusation, portée par la personne qui était la moins autorisée à prendre la parole, c'est-à-dire Fidenzio-Aureliano, beaucoup pleuraient, car ils étaient tous coupables de cela, sans avoir cependant aucune charité du cœur. Alors se leva un moine, que le comte n'avait jamais vu auparavant, et il parla un bon bout de temps sans être interrompu. Il dit que la faute du comte (« c'est un comte lui aussi, ce pauvre homme! », se dit Daddo avec pitié), si de faute on pouvait parler, était au fond son idéalisme, dénué d'un vrai sens du réel, c'est-à-dire de la comptabilité. « Il n'a pas vu, dit-il, que la grâce qui le charmait dans les créatures de l'île avait coûté à ces créatures le paradis authentique, le seul que nous connaissons, et il est sur la terre, et on le donne contre versement d'argent. » Il énuméra toutes les terres, les maisons, les îles que les hommes comme le comte avaient achetées, et pas seulement les Aleardi, dit-il, dont les domaines étaient incalculables, mais aussi les Hopins, causant la perte de gentilshommes comme Ilario, et provoquant leur dénaturation. Or donc, à cause de ce pouvoir conféré à l'argent, partout s'accumulaient les crimes, et les longues tortures et l'isolement pour ceux qui n'avaient point d'argent. Et bien que finalement rachetés par des actes comme celui qu'avait accompli le comte en descendant dans le puits, et en se brisant tout le corps pour en retirer la misérable Iguane, ils n'en restaient pas moins des crimes. Mais le Juge Céleste, c'est-à-dire l'humanité entière, tiendrait compte des circonstances atténuantes.

Le comte pleurait.

« Il a donc fait quelque chose de bon, disait-on, il... donc sa vie n'a pas été inutile! Je vous remercie, Seigneur... ou Messeigneurs, qui que vous soyez! Il a enfin payé, de ses deniers les plus vrais! Pour l'Iguane, il a donné sa vie! »

Et, ce criant, parce qu'il cria, il vit que ce comte était lui.

Il eut le temps d'entendre Ilario qui lui demandait en pleurant comment il allait, et de reconnaître distinctement tous les personnages que nous avons décrits dans cette histoire, et qui n'avaient plus rien de bizarre, car désormais le comte était guéri de son caractère fantasque, c'étaient des pauvres gens de ce monde, comme toi, Lecteur, tu en auras souvent vus, des gens pleins de trafics et d'embrouilles, avides de monter dans la société, mais en définitive pas méchants. Il vit donc Ilario, privé à jamais du terrible Mendes, un pauvre garçon fort triste, qui lui prenait une main, et aussitôt, avec un sourire doux-amer, il SORTIT. Il sentait un besoin d'air.

Il revint donc au puits, et les deux Guzman étaient de nouveau à côté de lui.

XXIII

LE VOYAGE REPREND

Qui était l'Iguane.
« *Allons... cosmos... grâce... tous...* »

Bien qu'armés, ils arboraient leur haillonneux aspect de toujours, et le comte avait pitié d'eux.

D'eux, il savait tout désormais, comment ils avaient grandi sans amour, sans instruction, dans une solitude épouvantable; et comment, avant tout cela, ils avaient été de jeunes garçons, et leurs espérances de cette époque-là lui déchiraient le cœur. Mais en même temps, il était heureux, parce qu'il comprenait que cette vie, et ses conditions (bien que se fît toujours sentir l'urgence d'une remise en ordre économique), étaient le changement, étaient un voyage pour un continent plus grand, un réel plus doux, sans humiliation ni perplexité, ni tous ces leurres par quoi la vie entend démontrer qu'elle n'est pas le fleuve ou le ruisseau qui filent vers la mer : alors qu'elle n'est rien d'autre, et là, dans un calme azur, elle reposera.

Il demanda, à cause de l'ancienne douceur de l'air, qui le rendait encore plus sensible à cette terre que nous devons tous abandonner, et à ses particularités, il demanda aux

Guzman s'ils avaient été à l'école, enfants, et comment ça marchait.

« Pas très bien, monsieur, répondit Hipolito en essuyant une larme.

— Ne pleure pas, cher, dit le comte, si tu n'as pas eu de bonnes grosses notes. Moi non plus, tu peux me croire, je n'aimais pas beaucoup les études. Pour toute l'humanité dans sa jeunesse, il en va ainsi. »

Il y avait des fleurs jaunes, dans un champ, de très grandes fleurs. Hipolito en cueillit quelques-unes et les offrit silencieusement au comte. Il lui en mit sur la poitrine et sur le visage.

En lui, cependant, persistait une certaine obscurité. A cause de ces fleurs, de cette végétale splendeur jaune, et aussi de la forte lumière de l'air, il ne voyait plus le sentier où ils marchaient, et alors Felipe cria, avec une voix qu'il lui sembla avoir déjà entendue :

« Attention, monsieur! Vous pourriez dégringoler. »

Et lui, tout d'un coup, *la* revit.

Ce n'était pas une Iguane, pas une reine non plus. C'était une petite servante comme il y en a tant dans les îles, avec deux grands yeux fixes dans une face pas plus grande qu'un grain de riz. Et elle avait les cheveux noirs relevés en forme de tourelle sur un visage sévère et timide. Sa bouche ne souriait pas. Elle n'était pas vêtue de dentelle blanche mais de simples chiffons gris. Et sur ces chiffons, tout éparpillés autour d'elle comme des pétales de boue, elle paraissait dormir, rêver. Les yeux étaient ouverts et fixes. L'eau montait toujours.

« Perdita! » cria le comte.

Et il entendit une voix, venue du fond, humble et étrange, répondre :

« Monsieur, je suis ici.

— Tiens bon. Je descends. »

184

C'est alors qu'avait commencé sa descente, qui finissait à présent.

Il se réveilla, regarda Ilario, lui sourit. Il demanda, faiblement, quelle heure il était.

« Trois heures », répondit le pauvre garçon; et il voulait ajouter, avec cette folie typique des moments graves : « Si ma montre marche bien. » Mais il vit que le comte, enfermé dans ses bandages, s'agitait. Alors, il n'y tint plus, il courut se cacher dans la cuisine.

Auprès du comte, restèrent Hopins et les deux frères; et ces derniers, debout, tandis que Hopins s'était agenouillé, avaient baissé la tête, sentant comme il n'est pas bien de regarder un homme qui meurt... mais leurs oreilles étaient ouvertes, et entendaient avec étonnement d'étranges paroles, et brisées, de doux ordres, tels : « acheter... désormais inutile... nécessaire regarder... monnaie ne suffit pas... voici bateaux... éducation fautive... n'importe... temps bon... allons... cosmos... biens incalculables... nouvelles terres... grâce... tous... »

Ensuite, toute parole cessa; de la poitrine du malade sortait un son rapide, anxieux, continu; son visage se fit long et sombre, et puis, sans aucun motif, serein.

Courtoisement, comme il avait vécu, le comte mourut.

Deux heures après ces faits, il régnait dans le misérable village d'Ocaña, village que le comte, dans sa folie, n'avait pas vu, la plus triste et concrète confusion. Les gens allaient et venaient en demandant des nouvelles, auxquels malheureusement ne répondaient que les yeux rougis des messieurs.

Comme c'était un soir de tempête, et que dans la maison et dans le village aussi, il n'y avait pas de provision de lampes, les Hopins allèrent à bord chercher des lanternes, lesquelles furent allumées dans toutes les pièces, et ils veillèrent à cette lumière, eux et les malheureux Segovia-Guzman, qui pleuraient comme des agneaux.

On entendait venir d'une pièce voisine de celle du gentilhomme une autre lamentation, mais presque ridicule, et c'était la petite servante ensorcelée de la demeure : elle ne s'était pas fait grand mal dans sa fausse ou vraie (Dieu seul peut en juger) tentative de suicide, la fortune, et sans doute certaine bienveillance d'herbe et d'eau qui remplissent les puits mystérieux, l'ayant assistée; non seulement : mais ces mêmes blessures du cœur, qui peut-être t'auront troublé, Lecteur, s'étaient volatilisées, évanouies, car tout son esprit passionné et farouche était occupé maintenant par la mort du monsieur, et par la pitié qu'il avait eue d'elle, et quand il avait crié : « Perdita ! », à partir de ce moment-là, tous les déchirants sortilèges de l'île, et sa mauvaiseté même, avaient disparu. Elle fondait en larmes, assise au milieu de ses petits sacs. Oh, que n'aurait-elle donné pour le réveiller !

Mrs. Hopins eut pitié d'elle, qui pourtant, comme tu te le rappelleras, avait crié « Tuez-la ! », et elle alla lui apporter du lait et du vin bouillant. Elle sentait que la mort du comte n'était pas la faute (et d'ailleurs tout le monde le sentait) de la petite servante, mais plutôt de leurs jeux mondains que son jeune esprit à lui n'avait pas compris, et maintenant le remords la portait à une compassion dont elle ne se serait pas crue capable.

Il régnait sur la maison un silence profond, bien que tout le monde fût éveillé, et cela parce que le comte dormait, après son tragique réveil, très paisiblement.

Allongé dans une sorte de barque de chêne, que son matelot et les frères farouches avaient apprêtée avec grand amour, il reposait en smoking noir, jamais porté auparavant, une rose sauvage entre les mains, et ses pieds élégants jonchés de beaucoup d'autres fleurs jaunes. Le livre de Manrique et un crucifix d'argent étaient posés sur un coin de l'oreiller.

Jamais le comte n'avait été plus calme et beau, ainsi que le voulait d'ailleurs la légende des Grecs, mais en plus, il y avait dans son visage blanc et affiné un rien de sombre, comme si l'ombre de ce que le noble avait souffert au cours des deux derniers jours de son existence, quand le pressentiment du mal et le doute sur les vrais coupables le tenaillaient, cette ombre le persécutait encore. A présent, tout était clarifié, mais c'est de sa mémoire sans doute que fluait ce voile qui, plus léger qu'un souffle, allait et venait sur son front sensible (effet, peut-être aussi, des flammes incertaines); tandis qu'il ne semblait pas y avoir de raison à son clair sourire qui retroussait à peine ses lèvres, le merveilleux sourire de ceux qui ont depuis peu surmonté la moindre des deux épreuves (l'autre, c'est la vie).

Ce sourire, qui les troubla tous et leur fit prendre part à je ne sais quelle élévation de ce monde, que pourtant on tient pour denrée marchande ou autre, à l'aube finit.

Le voyageur apparut plus fatigué et comme secret.

Il pleuvait.

XXIV

LA CHAPELLE DEVANT LA MER

Lettres d'Ocaña. Hiver. Une grossière invitation

Tu auras remarqué, toi aussi, Lecteur, comme certains faits presque sublimes de la vie ont tendance à se clore mesquinement, ou, dans le meilleur des cas, à passer inobservés, pour laisser place à de tout petits faits qui ravissent, littéralement, la communauté. Ainsi, quand la nouvelle que le comte ne rentrerait plus parvint à Milan, dans les journaux faisait rage une question, à notre avis peu importante : s'il fallait autoriser ou non le stationnement des voitures derrière le Dôme (question mise de côté et reprise mille fois, signe de l'urgence d'une solution), et la nouvelle tragédie apparut donc en dernière page, avec le titre hâtif : « DEUIL DANS LA FAMILLE ALEARDI. » Sans plus. Si la considération de la société pour la mort d'un homme peut indiquer en quelque manière la valeur qu'il eut dans cette société, on vit à ce moment-là que le comte, malgré sa couronne et ses biens, n'était personne, et c'est à cela que l'avait amené sa curieuse modestie. On vit qu'il n'était non seulement pas craint, mais pas même aimé. Adelchi, lui, qui plus que d'autres aurait pu en souffrir et s'en intéresser, traversait des jours de folie, tourneboulé par la possibilité d'un financement inattendu et fantastique, qui, par parenthèse, se réalisa et transforma de but en blanc sa vie. Il fut peiné de savoir que son ami ne revenait plus, mais il renvoya les regrets à un moment où il serait moins occupé, moment qui, hélas, ne se présenta pas.

Pour la comtesse mère, il n'y eut point de perplexité : depuis longtemps déjà, elle s'était avisée de la désagrégation morale de son fils, et ses atteintes au patrimoine avaient creusé entre eux deux, sans que le fils s'en aperçût, un abîme. Elle était préparée à le perdre. Mais pas comme ça, à cause de l'émeraude, gemme parmi les plus glorieuses de la famille. Elle convoqua des avocats, elle se rendit à la Curie (partir lui était impossible, car elle devait se rendre en Suisse), et là elle obtint qu'il fût écrit à Lisbonne, qui à son tour envoya plusieurs prêtres dans l'île triste : on récupéra facilement l'émeraude, parce que Bosio, qui s'était installé dans la maison, la trouva en faisant une simple visite à la cuisine : elle était derrière la boîte à sel, et c'est Felipe qui l'y avait mise, ignorant que la pierre avait tant de valeur. Bosio lui-même rapporta la chose, dans une longue lettre où il confirma à la comtesse mère son vieux dévouement à la maison Aleardi. Il ajouta aussi qu'en cette circonstance il restait dans l'attente d'instructions pour le rapatriement de la dépouille mortelle, car il n'était pas bien qu'un Aleardi reposât dans cette île. La comtesse répondit de sa main qu'elle s'en occuperait, mais qu'en tout état de cause Aleardo avait cessé depuis longtemps d'être son fils, et tout ce qu'elle pouvait faire, c'était prier pour lui. Elle envoya de l'argent pour des messes, et les dernières mille lires le 7 novembre. Puis, plus rien. Alors qu'elle revenait de Berne, le 10, sa voiture capota, et la dame mourut.

Bosio, dont la sensibilité s'accommodait mal d'avoir ici ce souvenir du comte, ne manquait certes pas d'idées pour une autre solution convenable, mais quand il y fit allusion aux deux Guzman, il comprit par un bref « Non, monsieur » qu'il était bon de ne pas insister.

Daddo avait été enseveli dans la partie méridionale de l'île, sur un morceau de terre contigu à la plage, et très isolé. Là, souhaitant se protéger d'une façon ou d'une autre de cette vue, qu'il rencontrait toujours au cours de ses promenades, Bosio fit construire une chapelle encore plus solitaire, que cependant les frères dotèrent furtivement d'une petite fenêtre, et comme elle donnait sur le front de mer, rien d'autre que les vagues confuses, quand elles s'enroulent sur elles-mêmes dans les arcanes du couchant, pouvaient regarder dans le vide intérieur ; et bien que, durant la marée basse et s'ils étaient tristes, les deux jeunes gens s'y rendissent, jamais ils n'entendirent quelque chose comme un frais éclat de rire, ou une voix pitoyable, ni, en regardant par la fenêtre dans l'intérieur blanc, n'aperçurent certaine resplendissante silhouette recueillie dans une veille. Il n'y avait personne, comme de juste, puisque la bonté et la grâce ne sont pas de ce monde, et jamais – une fois sorties en larmes de ce monde – Dieu ne leur impose le tourment d'y retourner.

Mais encore qu'il fût désormais loin, très loin, et peut-être sans plus nulle mémoire d'eux, les deux Guzman, qui, comme le Lecteur aura compris, gardaient sous leur masque cruel un cœur plus profond que beaucoup d'autres, ne l'oublièrent jamais, et on peut dire que, dans le perpétuel souvenir de lui, leur vie changea.

Deux autres personnes changèrent. Segovia, désormais à Caracas, époux serein sinon heureux, et tout occupé du soin de ses vastes terres : il avait complètement abandonné l'écriture, il était devenu un homme sage et calme, peut-être un peu replet, et avec une légère tendance au pessimisme, que cependant équilibrait la présence de madame. Chaque matin, aux premières lumières de l'aube, il était à l'église : il se confessait brièvement de ces péchés véniels que nous faisons tous, et recevait, pour en sortir renouvelé, la Communion. Dans cette espérance de retrouver un jour le comte et un monde plus désintéressé, il trouvait la paix.

L'autre personne était la petite servante de l'Île. Mais quelque chose – pardonne-nous, Lecteur – peut-être le fait de savoir combien le comte l'avait aimée, et comme la pauvre âme était passée courbée au milieu des silencieuses horreurs de ce monde – nous empêche d'en parler directement, et nous nous contenterons donc de rapporter des passages de certaines lettres que Mme Rubens, femme d'un bijoutier de Lille, envoya du Piccolo Hotel d'Ocaña, en octobre dernier, à son mari resté en France :

« ... quant aux divertissements auxquels tu fais allusion, mon chéri, je crois vraiment que tu te trompes. Ici il y a un air très vif, mais aussi très triste. L'hôtel d'où je t'écris est le seul de l'île, coquet mais inhabité, et si le prêtre catholique qui l'a fait construire pensait y trouver son compte, ou donner envie aux âmes de se purifier de quelque chose, il n'a pas été bien inspiré. A mon avis, en premier lieu il manque de bons domestiques. Les deux « rustres » dont je t'ai parlé ne sont pas les seuls goujats émérites de l'île. Il y en a d'autres... et il y a même une fillette qui ne me plaît pas le moins du monde : elle peut être très âgée, ou pas du tout. On ne le voit pas à cause de la façon dont elle se peigne. Une grossièreté instinctive et quelques rêvasseries annulent toutes les qualités (improbables) de sa petite personne. Lorsqu'elle te regarde – et ses yeux, à la vérité, sont un lac de lumière noire, ils sont fixes et doux – elle peut même avoir l'air bonne, mais tu finis par comprendre qu'elle ne te regarde pas toi, elle regarde quelque chose, derrière toi, qui ne reviendra pas, et cela fait une mauvaise impression. Plus

191

que débile, comme assure le prêtre, moi j'ai l'impression qu'elle est folle, un de ces malheureux amalgames d'orgueil et de mauvais caractère, qui font l'inguérissable misère de ces îles. On me raconte – pense un peu – qu'elle est amoureuse d'un comte, et que quelques mots imprudents de celui-ci lui auraient mis en tête qu'il reviendra pour l'épouser, alors que, d'après ce que je sais, il y a des années déjà qu'il est marié. Peut-il exister quelque chose de plus triste !... »

Et, extrait d'une autre lettre :

« ... ainsi, je suis allée visiter la tombe de ce fameux amant qu'a été, me dit-on, le comte, arrivé et décédé sur cette île il y a trois ans, chose que j'ignorais, et de façon obscure. D'autres touristes, en des saisons meilleures que celle-ci, la visitent, mais aujourd'hui il n'y avait personne, sauf notre petite servante. Quelle attitude irrévérencieuse ! De sorte que toutes mes illusions sont tombées. Figure-toi qu'elle était là, assise sous le mur de la chapelle, un miroir de poche dans une main, un peigne dans l'autre : elle se peignait et paraissait, Dieu sait pourquoi, fort contente. En me voyant, elle s'est mise à rire, mon chéri, si bêtement, et à la fois avec tant de malice, comme si elle était certaine d'avoir je ne sais quelle merveilleuse beauté, que j'ai compris combien son cœur est en réalité inhumain et insensible à tout. Il s'agit bien de pitié ! Ces gens, *chéri* *, ont de quoi désarçonner. Ils sont changeants comme la mer, durs comme les pierres, rien ne les émeut, si ce n'est l'argent (pour mon compte, je suis sur mes gardes !). Tu parles, et ils ne te répondent pas. Leur pensée c'est ça : *l'argent* * ! Est-ce humiliant, ne crois-tu pas ? »

Et extrait d'une dernière lettre :

« Je suis sur le départ, et je t'avoue mon étonnement : j'ai retrouvé les pourboires où je les avais mis, sur ma table, avec

* En français dans le texte. *(N.d.T.)*

un mot de ma main. Ne sauraient-ils pas lire? Ou bien ont-ils trouvé les pourboires trop maigres? Peut-on savoir ce qu'ils veulent? Pardonne-moi, mon chéri, si je t'ai ennuyé, mais c'est vraiment une désagréable chose, que cette Ocaña, avec le bruit continu de la mer, et toujours ces nuages sombres qui passent, et ces *mufles* * qui vous entourent... Un vrai cauchemar... Bosio doit partir avec le bateau que je prends et qui arrive à cinq heures à Lisbonne, et repart aussitôt (mais l'été seulement, et de fait, à partir de demain il ne fera plus le trajet). Il m'a l'air, d'après ce que j'ai compris, d'un homme las, souhaitant une vie laïque, et déçu par quelque chose que j'ignore. Il me semble improbable qu'Ocaña le revoie, et aussi que le Piccolo Hotel voie de nouveaux clients... »

Plus tard :

« Je te dirai que je regrette beaucoup de ne pas avoir emporté avec moi quelques chandails, comme tu me l'as conseillé, ici il fait déjà froid, et il fera encore plus froid en mer... "loin est septembre"... » Il ne reste ici que les deux Guzman et la servante, à laquelle ils ont l'air très attachés... des pauvres gens, après tout! Mais le vapeur arrive... A bientôt, *chéri* *... »

C'était le troisième hiver qu'il abordait à Ocaña, après les faits que nous avons racontés, et lorsque même la dernière pensionnaire, avec le bizarre Bosio, eut repris le chemin de la civilisation, il ne demeura dans l'île, outre les rares gens obscurs du lieu, que le personnel du Piccolo Hotel : des gens bien plus sages et meilleurs que les apparences ne le

* En français dans le texte. *(N.d.T.)*

laissaient voir. Désormais leur travail se réduisait à pas grand-chose ou à rien, et donc, revenus chez eux, vers le soir, ils passaient le reste du temps (souvent même de la nuit, si le temps était pluvieux et que le vent sifflait) en une occupation que personne n'aurait imaginée, et moins que personne l'alerte Mme Rubens se rappelant leurs muettes silhouettes, leurs silences aveugles. Ils apprenaient, Lecteur, à lire et à écrire, très péniblement, mais en s'aidant, tour à tour, avec beaucoup d'amour. Ainsi étaient-ils sûrs non seulement de faire honneur au cher lointain lettré, sur la grandeur duquel ils gardaient toujours leurs illusions, mais surtout d'être en mesure, un jour, d'adresser quelques missives au Comte, dont ils étaient certains de l'immortalité. Ce en quoi la fillette, qui n'allait jamais très bien et était toujours distraite, n'excellait pas, tout en le désirant avec toute l'humble force de son cœur, tandis que ses *oncles*, comme depuis longtemps elle appelait ces autres bons serviteurs, étaient déjà très avancés... Et ce fut surtout pour elle, pour lui donner un sentiment de paix et de joie, et lui permettre de renouer un rapport avec son idole, qu'une nuit ils écrivirent la grossière poésie qui suit. La voici, avec sa gaucherie que toi, homme de culture, leur pardonneras.

INVITATION ÉCRITE PAR LES FRÈRES GUZMAN POUR L'AMOUR DE L'IGUANE – AFIN QUE L'ÂME IMMOR-TELLE DU COMTE – SOIT PROMPTE À SE RAPPELER OCAÑA :

Présentation du lieu

Voici la mer
Voici le ciel
Gris et jaune
Pluie et gel.

Invitation proprement dite

I

Aide-moi.
Reconnais-moi.
Salue-moi.
De mon nom appelle-moi,
non de celui du serpent.
Je veux ressusciter.

II

Comte de Milan
n'attends pas
je ne veux pas d'émeraudes
je veux être
comme toi
compatissant et juste.

III

Cher seigneur,
bon, compatissant!
Grand Connétable,
pour l'amour du Roi,
de Charles Quint,
sauve l'Espagne
et le Portugal,
les pays vaincus,
qui dorment
dans les algues

dans la pierre
dans la montagne
dans la Meseta
et la Murcie
en Estrémadure.
Sauve le taureau,
la vache, l'agneau.
Sauve le pèlerin.
Porte la lampe,
porte le soleil,
eau, jardins.

IV

Comte du Christ
ne résiste pas.
Viens au puits,
il n'y a pas d'eau.
Il n'y a pas de fleurs,
il n'y a personne.
Il y a le silence.
Le serpent pleure.
La grenouille se blottit.
Il y a la peur.
Porte la lampe.
Porte le soleil.
Ils nous ont jugés
sans jugement.
Vois dans le puits.
Si tu nous appelles
nous répondons.

V

Nous ne sommes pas morts.
Nous sommes en novembre.
Jaune et rouge
de la citerne
se lève le soleil.
Nous tremblons.

VI

Sauve le taureau.
Protège la vache
et l'agneau
et l'étoile
qui tombe.

Salut

En Estrémadure
tu resteras
cher comte
sur les monts
tu nous regarderas,
tu crieras.

Des vers, si on peut appeler ça des vers, qui firent éclater de rire une certaine petite personne, elle qui n'arrivait jamais que de cette façon, ou d'autres plus extravagantes encore, à exprimer la force de sa souffrance, de l'inhumain – comme dit Mme Rubens – abîme de son cœur.

Et ainsi, Lecteur courtois, prenons-nous congé, comme Bosio et d'autres plus fortunés, d'Ocaña et de son humble humanité. Et si te surprend la mer qui s'est close si facilement sur ces maux et ces sourires, et sur la figure d'un ténébreux gentilhomme, et te surprend le temps qui passe sans pause, à Milan comme dans les îles, en emportant tout vers l'éternité, rappelle-toi, s'il te plaît, les pressantes questions d'Unamuno, si semblables aux tiennes, et tu verras qu'au moins pareille surprise reste toujours la même.

L'ACHETEUR D'ÎLES

*Composé et achevé d'imprimer
par la Société Nouvelle Firmin-Didot
à Mesnil-sur-l'Estrée, le 2 août 1988.
Dépôt légal : août 1988.
Numéro d'imprimeur : 9365*

ISBN 2-07-071371-7/Imprimé en France

44010